GAMERS

咖 !

白CHAIN COMBO

6

Sekina Aoi

葵せきな

Kadokawa Fantastic Novels

彩頁、內文插畫／仙人掌

GAMERS
電玩咖！

落單電玩咖與告白CHAIN COMBO

Lonely gamer and love confession chain combo

START

✖天道花憐與無罪推定

天道花憐這名少女，是從一開始就樣樣都傑出的孩子。

她曾以為賽跑是比如何漂亮衝斷終點線的競技，也絲毫無法理解流暢地照譜演奏鋼琴有什麼好誇獎，至於筆試，她更是認真疑惑過這樣做到底能確認什麼。

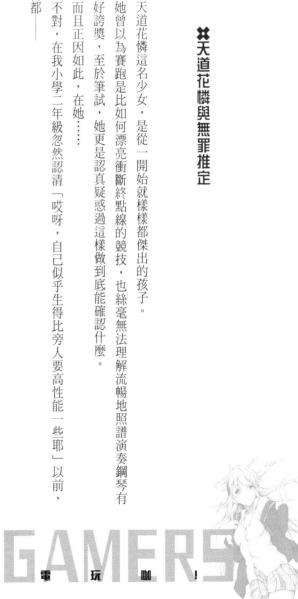

而且正因如此，在她……

不對，在我小學二年級忽然認清「哎呀，自己似乎生得比旁人要高性能一些耶」以前，始終都——

——對大家的「放水」感到不耐煩。

如今回想會覺得非常丟人，但小時候的我打從心裡相信自己與大家的「基本性能」是完全一樣的。孰勝孰敗終究只決定於當天的狀況與「拚勁」。對那項競技執著較強的人，碰巧就會贏而已。實際上，輸給我的那些小孩都有高機率講出「今天只是偶爾狀況不好」或「我還沒有認真比呢～～」諸如此類的詞，當時年幼的我也就照字面上的意思信以為真了。

但是有一次……當我在運動會上輕鬆贏過笑著表示自己擅長賽跑的女生，抵達終點後，看到她汗流浹背地哭著抱向母親的那個時候。

我終於理解到奇怪的不是「大家」，而是自己。

從此以後，我對所有分輸贏的事情就變得有「過意不去」的想法了。

畢竟——

說起來，那就像只有我起跑位置在前面的賽跑。

說起來，那就像只有我被允許使用自動伴奏功能的鋼琴演奏。

說起來，那就像只有我被允許作弊的筆試。

……在那樣的條件下贏過別人，到底有什麼價值可言？

話雖如此，我又無法改變打從心裡討厭「放水」這種行為的信念。

結果……我變得總是只跟自己較量了。

只將焦點擺在超越本身的極限，而非贏或輸給其他人。目標在於「更新自己的最佳紀錄」，而非「第一名」的生活之道。

我想那在某方面來講其實是健全而正當的處事方式，如今我也毫不認為那樣有錯。不過……一味地傾向那端，似乎也是加深與旁人隔閡的行為。

或許就是從這個時期開始的吧，我成了比以前更容易受旁人抬舉的存在。

針對我的「支持者」變多，「朋友」卻越變越少。

既未孤立也不孤獨，可是，卻流於孤高。

敵我雙方都沒有任何一個人願意認真面對我。

父母似乎也有察覺我的煩惱，當時他們倆好像考慮過要轉換到與我能力相稱的環境。現在回想起來怪可笑的就是了……簡單來說呢，就是把我送到國外能越級就讀的大學。

不過，結果卻沒有變成那樣。

因為實屬遺憾的是——在那之前，我就遇上「可以和他人認真起衝突的環境」了。

沒錯。

我遇見了名為電玩遊戲的——頂級戰場。

*

「沒想到電玩還滿無聊的呢。」

在我如此告訴眾人的瞬間，社辦裡的時間完全靜止了。

明明在線上對戰FPS到一半卻難得停下手邊動作的加瀨岳人學長一邊讓自己操控的角色被射成蜂窩，一邊朝這裡望過來。

「怎、怎麼了嗎，天道？」

「？並沒有什麼事啊。我只是覺得，電玩之前有這麼無聊嗎？」

我一邊說著，仍淡然地精準射穿敵方士兵的頭賺取擊殺數，並且嘆了口氣。在同場比賽中參加敵方隊伍的加瀨學長急忙回神操作，而格鬥遊戲對戰告一段落的新那學姊把身體轉向我這邊。

「呃……天道，難道妳身體不舒服？」

「沒有，一點也不。我的狀況倒是頗佳。」

這次我一邊說一邊將還在動搖的加瀨學長所操縱的角色腦袋「砰」地漂亮射穿。新那學姊臉上猛流汗。

「看、看來是這樣沒錯……………呃，還是說，妳對那款FPS膩了……」

「不會，我覺得前些日子剛發售的這款FPS設計得實在相當好。無論是武器均衡性、地圖結構或比賽配對的流暢度，都足以評為系列最高傑作，單機遊戲的劇情也引人入勝。即使從網上或國外評分網站的評價來看，大概也穩拿今年的GOTY（年度最佳遊戲）了。」

「這、這樣喔。那、那麼，剛才果然是我聽錯——」

「唉，不過即使如此，這款遊戲仍讓我覺得無聊呢。」

「我懂了，這女孩的心靈完全當機嘍。」

新那學姊有些傻眼似的嘀咕。贏得比賽的我便緩緩偏過頭提出疑問。

「心靈當機……？啊哈哈，學姊妳在說什麼啊？我是天道花憐喔，鼎鼎大名的天道花憐。菁英要素的化身，天道花憐。」

「當妳自己講出這種話時就已經很有問題了，唉，不過妳確實是個堅強的女生啦……」

「是啊。所以學姊是怎麼了，把人說得像是心靈脆弱的女孩子。」

「呃……對、對啦，抱歉，天道。我不應該隨便說別人精神崩潰……」

「學姊，話說這個牌子的面紙真好吃耶。」

「找心理諮詢師過來！十萬火急！找個本事好的心理諮詢師！」

加瀨學長和三角同學頓時從兩旁把我的手架住，大磯學姊則開始操作智慧型手機。我又一次微微偏過頭，嫣然微笑著細聲說道：

「開玩笑的啦，各位，我怎麼可能是認真的呢。」

此話一出，電玩社眾人就安心地捂了胸口。而我……便大聲宣言：

「說我是菁英要素的化身，太虛浮了。其實……我是『敗犬要素的化身』天道花憐喔！唉，求求各位大德，讓小女子吃張面紙吧啊啊啊！」

「『心靈受創成這樣也太荒謬了啦！』」

後來，我掙扎著央求要面紙，鬧了幾分鐘。

在我總算找回一些冷靜以後，就朝社員們完全已無「玩電玩」氛圍的模樣張望。

接著，我深深嘆了口氣，然後一點一點地娓娓道來。

「呃……其實上週末，我跟雨野同學他們舉辦了雙重約會……」

就這樣，我只好懷著賠罪之意，簡略說明自己如此失心瘋的緣故。

跟男友還有朋友情侶檔四個人進行雙重約會。

儘管朋友姊妹檔也來插一腳，大致上都進展順利。

於是——

東忙西忙到最後，我的男友就跟朋友的女友接吻了。

「「怎麼突然變成那樣！」」

「我才想問啊！」

電玩社眾人的反應簡直就像在電視上看了情節被大刀一剪的電影，不過我也同樣混亂地含淚回應：

「一回神，當著我跟上原同學還有星之守姊妹等人面前，我的男友就跟上原同學的女友接吻了啊！」

「「有可能像那樣突然就玩完了嗎！」」

「就是因為發生了，我才無奈啊啊啊啊啊啊啊啊啊啊啊！」

的確，那就像一場連我都覺得「別扯了」的惡夢，無奈現實正是這樣所以沒辦法。那之後，我跟上原同學還有星之守同學不知道都捏了自己的臉頰多少次。多虧如此，今天我的臉頰有一點紅腫。

當我回憶惡夢而感到昏眩時，三角同學忽然奮力站起來，想幫忙說情似的從桌面挺身表示看法。

「不、不對不對不對！天道同學，即、即使妳這麼說，我想肯定又是那種套路啦！就是妳跟雨野同學最擅長鬧的陰錯陽差和誤會——」

「並沒有語氣解讀方面的問題，而且目擊者多達四個人耶。」

「…………唔。」

三角同學露出讓人聯想到某款逆轉法庭遊戲的律師表情，臉上開始涔涔冒汗……對他來說，會想袒護雨野同學這個最要好的朋友也是難免吧。我深切明白那樣的心情。

然而悲哀的是，目前身為檢察官的我這邊占壓倒性優勢，連這種部分都跟那款法庭遊戲一模一樣。何況在這個現實世界中，辯護律師的陣營並不保證能逆轉。

不過，對方好歹是「ＴＨＥ主角型青年」三角瑛一，或許是「為了朋友的話就算狀況多絕望也不放棄！」的情操在驅使，他似乎仍拚命動腦思考著。依舊不變的主角屬性持有者。

於是沉默片刻之後……他猛力拍桌了。

「雨、雨野同學——被告的當事者是怎麼主張的呢！」

連垂死掙扎的追問方式都跟某法庭遊戲一樣。我語帶嘆息地回答：

「…………哎，確實只有兩名當事者都主張本身『無罪』就是了。」

「他們怎麼說？」

「反正……就扯到搞錯對象什麼的，還有『嘴脣勉強算沒有碰到』之類，都是有點說不通的辯解喔。」

我只好予以相告，成步（註：電玩遊戲《逆轉裁判》的男主角成步堂）——不對，三角律師就趁機用食指一比，並且提出了主張。

「妳、妳看吧，果然就是『妳跟雨野同學身邊常出現的那種套路』！這表示被告無罪！應該說雨野同學就是個好男生！」

「雨、雨野同學是『好男生』這種事，才不用你來告訴我！居然撇開我聊起雨野同學的魅力，三角律師，你真有膽量呢！」

「抗議！我常常都在想就是了，天道檢察官的獨占慾會不會稍微過火了呢！趁這個機會，我也想要求多分配一點跟雨野同學玩的時間！」

「慢著！即使現況如此，我天道花憐的雨野同學缺乏症也一直都在發作！『有點交情的朋友』若還要剝奪他的時間，我實在難以苟同！」

「抗議！我、我在講的就是妳那種特質喔！就是那種特質！……受不了，天道檢察官就是這樣才會讓『朋友的女友』有機可乘吧？」

「剛、剛才那是與官司無關的謾罵！要求撤回發言——」

「「兩位肅靜！要爭風吃醋就到外面！」」

當口角發展到完全白熱化時，就被審判長——不對，就被之前都默默看著我們舌戰&岔題的兩位學長姊阻止了。

我和三角同學只好咳了一聲清嗓，然後把議題帶回去。

「總、總之，實際上只有兩名『被告』主張自己無罪，在目擊者多達四名的這種情況下，其發言極度缺乏可信度，這就是我要說的。」

面對我認真無比的主張，三角同學「唔唔……」地發出低喃。他流了更多汗以後，似乎領悟到再這樣爭辯下去對自己不利，就微妙地轉移了話題。

「……話、話說，呃，受到眾人注視還會搞錯對象不小心親在一起的荒謬惡夢……具體而言是在什麼情況下鬧出來的啊？從剛才的說明，聽得出你們在某座遊樂園舉行雙重約會就是了……」

「是的，具體的案發現場，就在『修比爾王國』的遊樂設施『羈絆迷宮』。」

「修、『修比爾王國』的……『羈絆迷宮』是嗎……」

三角同學不知為何在聽過案發現場的名稱後顯露出動搖。我越是繼續說明，他的動搖之色便越加濃厚。

於是，當我將狀況說明完畢時……他就自顧自地抱頭懊惱了。

「唔唔……沒想到你們真的在那邊捲入了麻煩！我不只有預感，還差點碰個正著，總覺得這樣我也有若干責任……！」

「？差點碰個正著？你在講什麼？」

「沒、沒事。總、總之呢！就我所聽到的來判斷，鬧烏龍的跡象果然很濃厚啊！要說誰有過失，設施管理人員的錯最大！」

三角同學傾全力反駁似的講得理直氣壯。身為審判長（或者陪審員）的兩位學長姊也對此表示「確實是這樣」而接受了……實際上他的說詞是有一番道理。不過……

我稍微動了動腦筋，然後迅速舉手開口：

「審判長，關於這個案子……檢方要求傳喚新的證人！」

「「什、什麼？」」

儘管兩位學長姊顯得跟不上我和三角同學對「模擬法庭」的熱衷程度而愣愣地偏頭，幾秒鐘以後好像還是設法搞懂現場氣氛，就幫忙把話題接下去。

「「傳、傳喚哪一位？」」

我自信地對他們的疑問微笑，然後……在胸前交抱雙臂，威風地做出宣言。

「和我同屬本案最大的受害者——上原祐先生！」

*

「…………我是上原祐…………………唉……………………」

被我們用手機叫來以後，雖然願意站到電玩社社辦倉促準備的證人席（如此取名的普通桌子），卻背駝到不能再駝還發出陰沉嘆息的青年，上原祐。

當電玩社所有人都對那副憔悴模樣無言以對時，最近跟他算比較要好的大磯新那學姊就戰戰兢兢地向他搭話。

「冒、冒牌梅原？呃，你……沒、沒事吧？」

「哎呀，這不是新那學姊嗎…………………早安～」

「這個男生沒救了，打招呼挑的詞完全不合時段。」

「啊，新那學姊，我肚子有點餓，能不能跟妳要一張面紙？」

「不行。話說這間學校是怎麼搞的？難道有心靈崩潰就要吃面紙的習俗嗎？」

「啊，上原同學，不嫌棄的話，請用我的濕紙巾吧～」

「天道妳也是，別把濕紙巾講得像海苔片一樣請別人吃！」

新那學姊突然從我們手上把濕紙巾搶走。當我跟上原同學用巴望的眼神專心盯著濕紙巾時，三角同學便咳了一聲。

「總、總之呢，把話題談下去吧。呃……首先是上原同學，你好。」

「噢，好啊。記得你是……雨野的……」

「是的。」

「雨野的——ＢＬ人員２號對吧？」

「不對。」

三角同學正色否認。然而上原同學不知道誤解了什麼，開始變得心神不寧。

「還說不對……抱、抱歉，我可不會把1號的寶座讓給你喔。」

三角同學對他這樣的反應感到驚愕。

「什、什麼對抗意識啊！上原同學，原來你真的是那個圈子的人嗎！」

「別、別開玩笑！誰會對男人有意思！只是，不知道為什麼……雨野的ＢＬ人員1號寶座被人搶走，我會有點不依。」

「那根本是女主角的思維嘛！只是……對耶，不知道為什麼，被你這麼一說，我也覺得自己想要了，雨野同學的ＢＬ人員1號寶座！」

「唔！可是我遠比你適合雨野——」

「「要爭風吃醋去其他地方！」」

電玩社裡再次冒出抗議的聲音。三角同學與上原同學兩個人清了清嗓以後，簡潔地互相做完正常的自我介紹。

於是在現場鎮定下來後，上原同學的證詞供述及審問總算開始了。

首先，上原同學談起自己對那件事的見解。

「是事件或者意外……關於這部分，坦白講，我什麼也不好說。以多項計謀及戰略糾纏在一起的層面來說算事件，以任何人都沒有想到結局著落的層面來說算意外。」

「那麼，可以解釋為你並沒有意思要責備雨野同學和自己的女朋友嗎？」

三角律師對結論予以誘導，上原同學卻搖頭展現了明確的否定之意。

「不，那又是另一回事。」

上原同學說著就眼睛一亮，接著還以用力握緊的右拳狠狠敲桌。

「事件也好，意外也罷，那都無所謂。重要的是——那兩個傢伙當著我們眼前……接吻了，這項『事實』才是最重要的！混帳啊啊啊啊啊！」

「抗、抗議！雨野同學有主張『嘴唇勉強算沒有碰到』，我認為要斷定他們兩個有接吻未免操之過急——」

「住口！聽好了！重要的不是有沒有實際碰到！無論事實如何，都已經有人因此嚴重受害了！換句話說……我和天道『目睹接吻那一幕而嚴重受傷了』。此刻最重要的，不就是這項事實嗎！」

「唔唔！」

三角同學被上原同學的氣勢逼得整個人往後仰。

上原同學進一步又說：

「是啦，『嘴脣有沒有碰到』確實很要緊。倒不如說，關於這一點，我也希望打從心裡相信那兩個人表示『沒有碰到』的主張。」

「那、那麼……」

「可是！那碼歸那碼，這碼歸這碼！目前，我們的心已經被那兩個人搞得傷痕累累了！簡單說就是有被害者！管他是事件或意外，碰到或沒碰到，反正我們都受到傷害了！光是如此，要告雨野景太，理由就已經充分過頭了吧啊啊啊啊啊啊啊！」

「唔、唔喔喔喔喔喔喔喔喔喔喔喔喔喔喔喔喔喔喔喔喔！」

三角同學的身體更往後退。老實說以他平時的形象來看，反應未免做得太過激烈，但現場早就完全陷入某法庭遊戲的氣氛了，因此並沒有太大的不協調感……不過兩位學長姊都有些不敢領教這一點就暫且不提。

在三角同學無話可說以後，我便再次重申身為檢察官的主張。

「或許兩名被告聲稱『勉強算沒有碰到』的主張確實有值得細量的餘地，但就算他們所言屬實……也斷然無法消解我們兩個在精神上受到的傷害！」

「唔哇啊啊啊啊啊啊啊啊啊！」

三角同學又抱頭懊惱。儘管這樣的勝利讓我和上原同學一瞬間彼此相視露出滿足笑容，隨後卻又發現：「欸，這樣不是毫無救贖嗎？」兩個人便喪氣地垂下肩膀……這次開庭是為了誰，又為了什麼來著呢……

當現場顯得完全停滯時……忽然間，之前幾乎都沒有插嘴的加瀨學長開口了。

「我說句話可以嗎，天道？」

「啊，是的，學長——審判長您請說。」

「行了。呃……我屬於對這種感情問題完全生疏的人。」

「就是啊。坦白講檢方是認為：『你這FPS宅男安靜別講話。』」

「妳給我記著。哎，先不管那個了。以FPS來講，那可以稱為誤傷友軍……換句話說，先手射到自己人確實很困擾，也會被課以處罰，不過根據理由為何總還是有足以值得酌情處理的餘地才對……」

「FPS眼鏡哥，說真的你能不能不要講話？」

「妳終於對學長開嗆啦。好啦，這部分之後再提。我想表達的是『刻意開槍打自己人的爛貨』和『失手誤射的三腳貓』之間大有差別。」

「？所以這不就跟之前『嘴脣有沒有碰到』的問題一樣嗎？無論真相是哪邊，發生的事情並沒有差別……」

「不，天道，那其實是粗暴的結論。難道妳玩FPS會連『只是單純誤射』的玩家都給予負評嗎？」

「沒有，我個人倒不會那麼做……可是，技術不純熟還大搖大擺地參加有誤傷友軍判定的團體戰，當事人多少也要負責吧？」

「話是這樣說沒錯，然而，發生於ＦＰＳ的誤射也會有其他理由喔。」

「？現在是在談什麼呢？學長，差不多可以把無關緊要的岔題——」

當我差點像這樣應付掉學長的瞬間——他眼鏡燦然發亮，拋來直指核心的發言：

「『過失不在開槍的當事人身上……而是我方的笨玩家沒頭沒腦就闖進火線而導致的誤射』——玩ＦＰＳ也會有如此的狀況，這就是我想談的。」

「「——！唔！」」

這番話讓我和上原同學不由得摀上胸口。而且，三角律師沒有看漏這樣的動搖。

「沒、沒錯！基本上你們怎麼會用那種荒謬的配對方式挑戰『羈絆迷宮』呢！可以想見在那當中仍有審議的餘地。」

這番話讓上原同學臉上冒汗，但他仍予以反駁。

「我、我說過，一切都是遊樂設施人員的過失，我們才沒有任何意圖……」

「真的只是這樣嗎？」

「呃，我、我們確實在配對這方面有出了細微差錯……但結果全都是隨機配對的話，那不就與我們無關了嗎！」

「那可不好說。」

「什、什麼……」

三角同學似乎有所想法，威風地挺起胸。相對的，上原同學和我……從剛才就冷汗流個不停。

他帶著有點跩的臉拍了拍文件。

「這裡有『羈絆迷宮』的設施概要。看來這似乎是專供現充……情侶與交往前男女利用而聞名的娛樂項目呢。」

「那……那又怎麼樣……？」

「沒什麼……我是覺得，這分明就像性情彆扭的雨野同學會排斥的設施呢。」

「「唔！」」

我和上原同學不由得驚呼。糟糕。感覺這樣的論調……對我們非常不利！

「基本上『雙重約會』這項企畫本身也是一樣。先不論上原同學的女朋友，這種企畫跟雨野同學未免太不搭調了。在此我想請教兩位……這個企畫是哪一位，又基於什麼樣的目的才提出來的呢？」

「「這、這個嘛……！」」

我和上原同學的流汗量變得非比尋常。

三角同學看似釐清一切地露出賊賊的微笑。

「從你們的反應看來，似乎是不會錯了。換句話說，這場雙重約會……根本就是你們兩個自己策劃出來的！」

「「啊啊啊啊啊！」」

我跟上原同學忍不住尖叫並後退。完全變成對方占上風了！

看似跟不上局勢演變的大磯學姊偏過頭。

「呃，所以說……這是什麼情況？三角，你想表達什麼？」

「跟剛才加瀨學長談到的『誤傷友軍的理由』一樣啊。或許雨野同學也需要負一部分責任，可是，萬一這兩個人曾經下了許多工夫來安排這場約會還有那次『接吻』的話……」

「的話？」

此時三角律師冷靜了一下……接著就帶著滿面笑容拋出這句話了！

「最大的『過失』歸屬，就要從雨野同學他們換到這兩個人身上——！」

「唔、唔哇啊啊啊啊啊啊啊啊啊啊啊啊啊啊啊啊啊啊啊啊啊啊啊啊啊啊啊啊啊啊！」

我們慘被逼上絕路了！假如這是某款展開逆轉的法庭遊戲，配樂就會在這時候變得high

上加high。

「話說就算雨野同學與上原同學的女朋友有外遇之心，要當眾……還是當著熟人面前接吻的風險實在太大，而且也莫名其妙。何況那對雨野同學這個人的性格來說，簡直是離譜得要命。」

「不、不過從結果來看，他們就是那樣做了啊……！」

我提出反駁，三角同學卻已經無所動搖地繼續說：

「沒錯，以結果而言是變成那樣了。雨野同學採取了不符他作風的行動，表示在這當中……另有你們花了工夫才成立的『強烈意志』介入！」

「你、你說……『強烈意志』？」

「沒錯。而那正是……足以構成被告雨野景太的無辜，乃至要求酌情從輕發落的最大理由！」

「你、你這是什麼話……」

「審判長！檢方在此要求──向被告雨野景太進行『電話採證』！」

「「准。」」

兩名審判長只差沒有明說「趕快把事情了結」就隨便批准。

在我和上原同學緊張地關注之下，三角同學用自己的智慧型手機打給雨野同學。

「雨野同學？抱歉喔，這麼突然。關於之前那場雙重約會，我現在有點事想問你……啊～嗯，為什麼要問是嗎……呃～你想嘛，發生了太多狀況。沒錯沒錯，我也白白受了不少牽連嘛，就當作是那個的延伸吧。真慶幸你能理解。」

三角同學就這樣開朗地慢慢跟雨野同學聊了起來，同時也逐漸把話題切入核心。於是約兩分鐘後……他終於講到正題了。

「雨野同學，所以對你來說，那個『吻』……是抱著『什麼想法』而行動的呢？」

三角同學在如此提問的同時迅速操作智慧型手機，設定成整個房間裡都能聽見通話。現場所有人都默默聆聽。

雨野同學聽似難為情……卻伴隨著堅定意志的決定性話語，透過三角同學的手機在社辦裡播放出來。

『呃……我當然是鼓起勇氣，想要吻「天道同學」才那樣做的啊……』

「唔啊啊啊啊啊啊啊啊啊啊啊啊啊啊啊啊啊啊啊啊啊！」

檢察官——也就是我，頓時臉紅得像水煮章魚一樣，還猛力甩亂頭髮當場扭來扭去，折騰得洋相盡露。

當上原同學也認命似的頹然低頭以後，三角同學只朝手機說聲「非常謝謝你」就切斷通話，接著挺胸朝我跟上原同學……還有兩位審判長看了一圈。

受現場氣氛影響……審判長之一的加瀨學長清了清嗓。

「嗯……我長年在這個社團裡活動，不過碰到這種事還是頭一遭。」

那是當然了。以電玩社的活動景象而言簡直大錯特錯。

「總、總而言之，以現場氣氛來說，我把事情宣布清楚就好。被告雨野景太……經過各方面再三考量，在此宣判的結果就是……」

加瀨學長間隔了一拍以後，用頗為鄭重的語氣告訴大家：

「　　　　　無　　　　罪。　　　　　」

「哇～～哇～～哇～～」

同時，大磯學姊面無表情地在社辦裡灑了不知道從哪裡弄來的紙花。

……………如此這般。

音吹高中電玩社的逆轉審判第一話〈愚蠢無比的逆轉〉落幕了。

＊

「話雖如此，我同樣認為天道同學和上原同學最可憐就是了。」

三角同學一邊走過有夕陽照進來的舊校舍走廊，一邊對我投以苦笑。

我大大地發出嘆息，並且隨口回答：「那就謝嘍。」

審判結束後，電玩社全體便自由解散，儘管各自活動告一段落就可以離開……

「……你也不用為了關心我，還特地陪我一起回家嘛。」

我說完就瞪向走在旁邊的前任敵對律師。他看似有些尷尬地搔了搔後腦杓。

「呃……不過，我還是覺得要先向妳賠罪。剛才鬧到像是在責備兩位，真的很抱歉。」

「你沒有什麼需要賠罪的啊……」

「不，畢竟我照著遊戲的調調，連原本不屬於律師職責的『抓真凶橋段』都演了……」

「是啊，你打從骨子裡散發著主角的氣質。」

「唔唔……」

三角同學害臊似的低頭。這樣的他讓我語帶嘆息地露出淺淺的微笑。

「沒關係，我跟上原同學都沒有在這次的模擬法庭中深受傷害。利用玩鬧的調調大吼大叫，反而能讓我消解壓力呢。」

「真的？那就好。」

我所說的話讓三角同學安心地捂了胸口。

我帶著笑容看了他那副模樣以後……直接繼續說：

「哎，反正我們在前一個階段就已經遭受人生最嚴重的致命傷了。」

「……也、也對喔。」

三角同學的臉陣陣抽搐，還對我投以由衷同情的目光。

我大大地嘆氣，他便帶回原先的話題。

「因為這件事受傷最深的應該就是你們兩位，對此我完全沒有異議……我可以體會你們的心情。」

「謝謝……老實說也撫慰不了什麼就是了。」

「我想也是。」

我們倆就這樣保持極為陰沉的氣氛走著，老舊的木板走廊不時會嘎吱作響。

於是在來到通往主校舍的穿廊前面時，三角同學開口了。

「雖然說這次我支持雨野同學『嘴脣沒有碰到』的主張，也為了證明至少他沒有惡意或外遇之心而幫忙辯護……但在另一方面，我也深深地理解關於這件事情，問題的核心並不在

『那些部分』上面。」

「…………」

在我沉默以後，三角同學就十分憂鬱地繼續說下去：

「應該很難受吧……『影像烙在眼底』的那種感覺。」

「…………是啊。」

我沒有看他的眼睛，而是緊緊摟住自己的上臂如此回應。

疑似體育社團在跑步的隊呼不知從哪裡傳了過來。

「……就算實際上是以『未遂』作結，至少對妳和上原同學兩位來說，看起來確實就是發生過『那麼回事』……」

「……是啊……這實在無可奈何……」

「我覺得不能怪你們。比方說……要是看到自己的義妹和雨野同學那樣做的光景，我想我也會大受衝擊。」

他這番話讓我忍不住露出賊賊的微笑。

「哎呀，三角同學，你終於肯承認自己對那位義妹有好感——」

「明明我跟雨野同學的感情絕對比她更要好耶……」

「讓你吃醋的是另一邊嗎！剛、剛才我心裡有新的疑問發芽了耶！三角同學！」

「唉，先不管那個了。」

「這件事情可以先不管嗎？不會在之後留下禍根嗎？」

儘管我如此激動地吐槽，三角同學卻毫不動搖，還一邊將輕柔的頭髮往上撥，一邊對我露出了極為惆悵的表情。

「……雨野同學還是這麼會撩動別人的心呢，真是罪過。」

「嗯，對、對不起，三角同學，我已經沒辦法坦然地把你那類的發言當成安慰了。」

「不過呢，我倒是喜歡他那種特質，出乎意料。」

三角同學燦爛地笑著如此表示……啊，糟糕，我已經變得只能用「那個族群的有色眼鏡」看待他了！以前明明還能坦然接受！

為了整理心情，我一面走路一面反覆深呼吸。

地板從陳舊的木頭材質換成主校舍的全新橡膠材質，兩人的腳步聲隨之變輕。我深深地吸了一口氣，然後重新展開對話。

「抱歉，實際上談這個就像是把審判中的爭論回鍋炒……然而雨野同學和亞玖璃同學主張的『沒有碰到』能不能全盤採信也是個問題啊。」

「啊……妳說那個喔。」

三角同學看似被戳中痛處地搔搔頭頂。

「嗯……照雨野同學的性格，與其說是為了自保，大有可能也是為妳和上原同學著想才會那樣主張嘛。」

「是啊。呃…………在剛才那通電話裡，他最後提到的……那個……決、決定要接吻的『動機』，我、我倒是一點也不懷疑。」

我忍不住臉紅低頭，三角同學就笑著說：「是是是，謝謝招待。」

東講西講地抵達校舍玄關以後，我們換了鞋子到外頭。即將下山的夕陽映入眼裡。

三角同學似乎要搭公車回家，我則想整理思緒順便到街上走走，因此我們就在公車站前道別了。

然而就在此時，「最後我想請教一件事……」三角同學帶著有些嚴肅的臉色開口：

「天道同學，妳跟雨野同學……會保持像以前一樣的情侶關係嗎？」

「這個嘛……」

我不禁語塞……那是我這幾天以來一直在思考……都想不出答案的命題。

自己到底想要怎樣？該如何處理？什麼做法才是最妥當的？無論我怎麼思考，都完全看不見前景。

猛一想，我從認識雨野同學以後就一直是這樣。

有別於過去，無論做什麼都不順利。

邀他參加電玩社就被拒絕，剛打算慢慢改善關係卻不期然地展開交往。緊接著，當我為了讓生米煮成熟飯而拚命暗中布局時……便莫名其妙地落得女主角的位子被其他女性搶走的地步。

「……不過，最近這種情況都只是偶然不順罷了……」

當我一個人如此嘟嘴小聲嘀咕時，這才警醒過來。

「（啊……小時候那些嘴上對我不服輸的小朋友是什麼心情，我好像終於懂了……）」

憑努力之類的也無從彌補的部分導致自己敗北。這種處境……

「（確實痛苦得令人想為自己的不堪找藉口呢……）」

我的胸口作痛，可是另一方面又對自己不期然地站上「和大家相同」的位置格外開心，忍不住就嘻嘻笑了出來。

「天、天道同學？」

這時候，三角同學生畏似的偷看我的臉色。

「呃……我、我不會讓妳吃面紙的喔！」

「？什麼話啊？怎麼可能有人吃面紙呢？三角同學，請你別在這種時候耍無聊。」

「咦～～……………」

三角同學看似打從心裡不服氣地驚呼。我笑著表示「說笑的啦」，然後走到公車站的時刻表前面。

「……沒有辦法讓所有事都照著規畫走呢……」

「？妳是指公車的到站時刻嗎？那當然嘍，要看周圍的交通狀況啊。」

「是啊，說得對……如今，我跟以前不一樣，競爭的對象並不是『只有』自己了。即使沒有按照想像獲得勝利，那也是正常的……」

「？呃，妳是在說電玩還是其他方面的事情嗎？」

「咦？」

三角同學意外的話語讓我回過頭。於是，他也看似不解地愣住了。

「哎呀，我講錯了嗎？」

他如此問道，我便淺淺地笑著回應：

「不，沒錯，或許就是那樣。確實跟電玩相同，兩者都實在難以稱心如意……而且正因如此……我才想認真面對……」

霎時間，我覺得這幾天以來……籠罩內心的部分迷霧似乎稍微散開了，散開了一點點。

當然，目睹那一幕所受到的傷，還有種種問題，仍然一項也沒有解決。

但……至少，此刻的我——

——天道花憐身為雨野景太的女友兼電玩玩家，已經明白自己想做的事情了。

「……嗯。那我失陪了喔，三角同學。」

我帶著決心當場邁開腳步。於是，三角同學慌張似的從背後搭話。

「請問，結果妳打算跟雨野同學怎麼辦……！」

他的問題讓我一瞬間停下腳步，只將臉轉過去。

我用滿懷某種決心的表情對他回答。

「至少，我這邊已經沒有意思——再保持『跟以前一樣』了。」

在落單族的人生裡，出現頻率像「尷尬」這麼高的詞並不好找。

畢竟除了上課時間以外，我們幾乎都是一邊受這種情緒侵襲一邊度過所有校園生活。不管是在無處可去的短暫下課時間、埋首吃飯的落單午休時間、搭公車通學還要被迫配合現充們的行動而靈活切換自身位置時都一樣。

差不多在任何時段，我們心裡都會有坐立難安的「尷尬」感覺。

跟別人交談時也是如此。任誰都有舌頭打結的經驗才對，不過像我們這種人真的就是在重要關頭才會打結。出那種糗既不可愛也不好笑。女生在早上把「早安」講成「早彎」，和我在課堂上朗讀課文時把「下一句」講成「下陰莖」，「無地自容度」就截然不同吧。簡單來說正是如此……唔哇，一想起來我又臉頰發燙了。唉，我當時怎麼會那樣發音……

總、總之。

像這樣每天都大量攝取各種「尷尬」的「尷尬品嘗師」。

這正是落單族……同時也正是我，雨野景太，所具備的頭銜。

好的，儘管我頂著如此空虛的尷尬品嘗師頭銜。

此時此刻，我仍遇到了堪稱「人生最頂級」的尷尬狀況。

「…………」「…………」

我跟眼前的女性目光一會兒對上、一會兒轉開，並且將口水咕嚕嚥下去。

放學後的家庭餐廳。在有許多客人喧鬧的環境裡，只有我們倆坐著的四人座包廂周圍像颱風眼一樣被寂靜包圍著。

太陽穴上流過一道汗水……身為品嘗師，此刻我完全可以篤定。

「（不會錯……這種撲鼻的芳醇香氣……經過熟成以後渾上加渾的色澤……還有從胃裡湧出來的帶勁酸味……）」

我想到這裡就大大地吸了一口氣。接著……我勉強撐著沒有吐，奮然睜大眼睛。

「（這就是在業界也彌足珍貴的——「修羅場」嗎！）」

——我跟先前差點接吻的「朋友的女友」，在放學後的家庭餐廳獨處。

以往在我的人生中，有碰過比這更尷尬的狀況嗎？

不，沒有。有還得了。連小學一年級時，我在曾祖母的葬禮上昏昏沉沉地大叫「鯛魚燒！」那一次，都沒有難受到這種程度。

明明不會熱卻汗流不止。胃好痛。甚至覺得目眩與頭痛，同時卻又睏得厲害。

「…………」

眼前的辣妹型女生……亞玖璃同學一邊用指頭捲著頭髮，還一邊咕嚕咕嚕地喝著已經不知道從飲料吧倒了第幾杯的烏龍茶。

受其影響，我也跟著拿起自己的烏龍茶就口。於是……

「「叩……」」

兩個人把杯子擱在桌上的時間點完全重疊了。

「「…………」」

光是如此……這個時刻就讓人覺得尷尬無比。我們倆都不自覺地低頭。

……害羞、怨恨、憤怒、後悔、焦躁……還有對彼此無窮的罪惡感。

這些情緒在我們心裡變得渾然一體，到最後就迷失了該對彼此訴說的話語。結果……從我們兩個像這樣只會在這裡咕嚕咕嚕地喝著烏龍茶算起，其實已經快要過三十分鐘了。

……那我們為什麼要結伴來家庭餐廳喝茶耍闊？

該怎麼說呢？即使如此，我們倆姑且還是有「非得直接當面談才行」的念頭。實際上，那次事件之後已經過了兩天。在這段期間，我跟亞玖璃同學當然都對彼此的伴侶拚命辯解過……然而那完全是各忙各的，我們兩個人並沒有重新統一見解。

如果顧及將來……那是不太好的做法。

不，這跟「串口供」並沒有什麼類似可言。

基本上——我跟亞玖璃同學都可以對神發誓，沒有讓嘴脣碰到彼此。

那是千真萬確的。不過……比方說，我向天道同學辯解的內容要是跟亞玖璃同學向上原同學辯解的內容有微妙出入，他們兩個又會怎麼想？會不會反而加深疑惑呢？

為了迴避那種荒謬（而且滿可能發生在我們身上）的悲劇，我和亞玖璃同學必須擁有共通的認知，然後把它當成面對彼此伴侶之際的武器……我跟她在腦子裡都明白這一點。

明白歸明白……

「「…………！」」

這時候，我們的視線又不小心交會，便都垂下了眼……從別人眼裡看來，或許我們就像青澀的情侶。

但現在充斥於我們心裡的……別說酸甜滋味了，實際上除了「苦」以外什麼都沒有。

「（…………話雖如此……這種沉默，差不多也到極限了……）」

我嘆了口氣，才總算下定決心面對正題。

「（沒錯。平時都是亞玖璃同學幫忙主導話題。像這種時候，起碼應該由我……！）」

為了替自己助勢，我胡亂抓起桌上裝著烏龍茶的玻璃杯，咕嚕咕嚕地一口乾掉。緊接著，我終於講出頭一句話——

「雨、雨雨。那杯……是人家的烏龍茶……」

「…………」

——我正想說，就徹底搞砸了。我用頭在桌上一連撞出好幾次響亮的聲音，眼裡含著淚咕噥：

「我、我我我剛才，該、該不會，在這種狀況下，還鬧出間接接吻的烏龍…………！」

好想死。這種把事情弄濘了的感覺亂合乎我的風格。從以前就這樣，想要挽救些什麼，結果莫名其妙就弄成更加受人白眼的狀況。雄厚的決心，搭配窩囊的結果。我的人生一直這樣反覆著……於是就栽培出如此懦弱的我了。

我有所克制地不讓自己受旁人注目，但還是繼續用額頭撞桌子。

亞玖璃同學便小聲地嘻嘻笑著幫忙打圓場。

「呵呵，你好笨喔，雨雨。沒關係啦，因為你喝的那一邊，跟人家喝的位置相反啊。」

「嗚嗚……是、是這樣嗎？」

眼裡含淚的我抬起臉龐。這時候，亞玖璃同學帶著笑容點了頭。
「嗯。事到如今，人家不會在這種事情上說謊啦。沒事的，你沒有鬧烏龍——」
剎那間，我放心地吐出一大口氣，開心地說：
「啊～～幸好！說真的，我才不想跟妳間接接吻呢，絕對不要！哎呀，得救嘍！我真的以為自己沒命了耶！」
亞玖璃同學頓時鼓起腮幫子。
「奇、奇怪了，不知道為什麼，你身為有女朋友的人，這樣反應完全沒有錯……可是，人家現在卻想用力扁你一頓！」
「咦？不是啦，抱歉。那麼……我、我好想跟妳間接接吻喔！好，我現在就學東京情○派的主持人那樣，用舌頭舔杯子另一邊——」
「那樣也不行！」
「唔唔！」
結果我挨揍了。她下手挺認真的，臉頰好痛，而且店員被嚇走了。
亞玖璃同學嘆道：「真是的。」然後將身體靠在椅背上，還用不冰了的冷開水代替烏龍茶就口。
我也效法她，含了一口自己的冷開水，緊接著……

「「叩……」」

當杯子擺到桌上的聲音再次重疊時——

「「……………呵！」」

——我和亞玖璃同學就忍不住笑出來了。

我們倆開懷地對彼此笑了一陣子……然後，這次我們確實地看向彼此的眼睛。

「那就像平時一樣來召開作戰會議吧，好不好，雨雨？」

「好，我了解了，亞玖璃同學。」

我們靠著連自己都覺得單純過頭的契機，回到平時的本色。

*

「雨雨，首先呢，無論怎麼樣都有一件事必須最優先確認就是了。」

「是的。」

會議一開始，亞玖璃同學就在桌面上交握雙手，面對面望著我問：

「我們……勉強算沒有親到，對不對？」

「是啊，當然了。那肯定不會錯，毋庸置疑。」

我們倆對彼此深深點頭。接著……兩秒鐘以後，我們就互相大口嘆氣了。

「呼～～……哎呀，人家放心了。之前人家可以篤定沒有碰到，可是祐跟其他人都那樣懷疑，該不會……人家就跟著湧上擔心的念頭了。」

「我也是耶。我從以前就屬於對本身見解沒有絕對信心的那種人。可是關於這一點，我想絕不會錯。畢竟我……」

「嗯，人家也是……」

話說到這裡，我們兩個就紅著臉表露自己篤定的根據。

「「全部的心思都集中在嘴脣上面了……」」

理所當然的事情。雖然說，我和亞玖璃同學都搞錯了彼此接吻的對象……但是，當時基本上都是打算「主動迎接男女朋友間的初吻」。

假如嘴脣有碰到一點點什麼，那種感覺必然會銘記在心。

亞玖璃同學無奈地繼續說：

「哎，雖然事實是雨雨跟人家貼近的程度足以讓所有人都誤解就是了……」

「對啊。不過，妳想嘛……膽小如我，是用慢到極點的速度把臉貼過去，因此在燈點亮的瞬間就嚇得完全停住了。」

「人家也一樣。」

我們倆再次發出安心的嘆息。

亞玖璃同學用杯子的水潤了潤嘴唇……然後，突然瞪向我。

「話說回來……燈亮以後，當人家發現眼前那個人不是祐，而是雨雨的瞬間，真的絕望到不行耶！」

「妳、妳怎麼講得像只有自己才是受害者！我也一樣啊！心目中如天使般的天道同學變成叛逆辣妹，妳以為落差有多大啊！」

「什……！要、要這樣說的話，心目中的帥哥男友變成豆芽菜小鬼頭，人家體驗到的傷害才大呢！」

「什麼話！」

「人家就是要這麼說！」

我們倆氣結地互瞪。就這樣，用視線瞪了大約五秒以後……我們卻同時一舉放鬆肩膀的力氣並且嘆息。

「「好空虛……」」

就算是我們，也實在沒有體力在這種情況下互挖傷口。

因此，我們及早打住強調彼此傷害的行為，為了改換氣氛，還先各自到飲料吧拿了飲料回來，才重新開始討論。

「……話雖如此啦，雨雨，人家講這些並沒有什麼針對你的惡意……不過，人家的傷害還是比較大啊。」

亞玖璃同學說著便大口喝起綜合果汁。我則是搔了搔頭。

「嗯，實際上我就是噁心宅男嘛，對妳真過意不去——」

「沒有，不是那樣。雖然『接吻未遂』的風波太令人震驚，其他事就顯得失色了……可是人家其實也有同時目睹『星之守心春貼近祐的場面』。」

「這……這樣啊……原來如此。」

「接吻未遂」確實是震撼力太強的炸彈，讓我都忘記除了我們以外，其他配對進迷宮的搭檔也多少有問題。具體來說，好比亞玖璃同學看到了「星之守心春貼近上原祐的場面」，另外……

「不過，我也有目睹『天道同學和千秋抱在一起的場面』，受到的傷害也相同吧？」

「哪有啊。該怎麼說呢……她們那邊可以強烈感覺到事出意外啊。再怎麼說，你總不會認真懷疑那兩個人有百合情愫吧？」

「呃，是那樣沒錯……」

話雖如此，事實上我心裡就是被埋下了「難不成……」的疑惑種子，不過呢，要說是小事也算小事啦。

亞玖璃同學無奈地繼續說：

「不過，提到祐跟其他女生貼在一起的場面……跟我們的『接吻未遂』相比，印象應該會比較薄弱，可是人家身為祐的女朋友，內心還是滿痛的。」

「嗯……對啦，我可以理解。」

就算是意外，假如我看到天道同學和其他男生貼在一起，也會深受衝擊。當然我是不至於抓著這一點做出大罵對方「搞外遇！」的過度反應，但我有把握自己應該會猶豫不決很長一段時間。

「話是這麼說，心春同學和上原同學也跟我們一樣吧，意外就是意外啊。」

「或許是啦……」

亞玖璃同學嫉妒得嘛起嘴。我啜飲了一口冰咖啡繼續說：

「尤其上原同學還一副排斥的樣子。」

「對了對了，雨雨，祐當時好像誤以為對方是你耶。」

「唔……！為、為什麼呢……聽妳這麼說，我覺得有點受到衝擊。」

「不對不對不對，你是怎麼了！祐願意跟你有肌膚之親才是大問題吧！」

「的、的確喔。可是為什麼呢……那樣我也會有一點高興耶。」

「雨雨，你這個人未免太危險了！」

亞玖璃同學說著迅速操作智慧型手機。看來我是被她列入「男友外遇嫌疑對象表」了，而且名次排滿高的。

我甘於承受這樣的對待，還繼續跟她談下去。

「在這次的事情當中，讓我感到幻滅的反而是心春同學。雖然她本來就很色——呃，不對，她本來就是個天真浪漫的人，可是，沒想到她居然會挑逗別人的男朋友……才剛認識的男性耶……」

原先她明明表現得那麼排斥……的確，上原同學實在是一個有魅力的男性，女性自然不提……連我多少都會冒出想黏著他的意願。不過，人的理性就是要把持住那種念頭吧。

當我憤慨地抱怨「真受不了」，亞玖璃同學就一臉覺得不可思議地偏過頭。

「咦？不是喔，後來人家確認過當時耳機的燈色分配，與其說那個叫心春的女生想黏著祐，她的心意反而是向著……」

亞玖璃同學靜靜地盯著我……？

「妳說……耳機燈色嗎？啊……對不起，我沒有把所有人的主張都記清楚。我只記得天道同學是把對方當成我，才會跟千秋擁抱……………………呵呵……」

我回想起這件太過榮幸的事，忍不住露出陶醉的傻笑。於是，亞玖璃同學不知為何一臉傻眼似的表情，還莫名其妙地嘀咕：「唉……胡亂生事也不好。」

「哎呀，那我們談到哪裡了？剛才講的是心春同學……」

「啊～沒有啦，沒事。人家是想說那個女生個性好花痴，跟她姊姊不一樣。」

「不不不，她哪有花痴……」

儘管我反射性地想幫熟人辯解，可惜的是，我完全想不到之後該說什麼詞……對不起，心春同學，別人評妳為「花痴」，我好像一點都無法反駁……！

我清了清嗓。

「提、提到她姊姊，當時千秋為什麼會跟天道同學黏在一起呢？難道她誤以為對方是上原同學嗎？」

「唔～不曉得耶。這麼說來，她好像沒有講清楚搭檔的耳機燈示變成什麼顏色。」

「唔唔……」

這樣百合嫌疑又加深一點了耶。千秋不把天道同學的耳機燈色講清楚……理由會不會是因為「天道同學的燈色沒有改變」呢？千秋難道不是認出了天道同學才抱過去的嗎？

當我帶著安分的神色咕噥時，亞玖璃同學擅自喝了一口我的冰咖啡，還一邊喃喃自語。

「果然……因為她認出對方是祐的關係……」

亞玖璃同學若無其事地直接把我的冰咖啡喝掉一半以上……雖然我們剛才還因為間接接吻慌成那樣，不過仔細一想，亞玖璃同學擅自拿我的東西吃喝都算家常便飯了，只是我不太會對她那樣做……總覺得被氣氛沖昏頭的自己在意那麼多好蠢。

我重新帶領話題。

「嗯，不過問題最大的還是我們喔。」

「……就是說啊。」

我們倆再次大口嘆氣。亞玖璃同學趴到桌上攤平了。

「人家跟祐解釋了好久，最後祐也笑著說『我知道啦』……可是，坦白講嫌疑沒有洗清的感覺還是好濃耶。」

「我還不是一樣。雖然天道同學也笑著表示能理解……不過那完全就是『客套版天道同學』的微笑。」

「明明真的就沒有接吻。」

「對啊。」

「明明我們沒有罪。受不了，人世間真不講理。對不對，雨雨？」

「…………」

「？雨雨？」

我難得沒有附和，亞玖璃同學就一面起身一面看向我。

而我……盯著自己在桌上交握的手，並且回答她。

「不……至少，我傷到天道同學這一點是事實。」

「不過，那終究是意外和誤會造成的結果……」

「即使如此，事實就是事實。我沒有厚臉皮到親手傷了女朋友還能笑著認為『至少錯不在我』就了事。」

「…………」

「當然……我已經解釋過『真的沒有和別人接吻』，可是除此之外，我覺得……還要展現出其他誠意才可以。」

亞玖璃同學看了用認真眼神如此訴說的我……突然就變得有些尷尬，還心神不寧地搔起頸根。

這樣的舉動讓我有所警覺地予以緩頰。

「啊，對、對不起，我講這些話並不是叫妳要有責任感的意思。跟上原同學相比，我覺得天道同學在內心受到的傷害顯然還是深一些……」

我說到這裡，亞玖璃同學便安心似的露出微笑。

「是啊，人家大概能體會。畢竟，你們那一對才剛交往嘛。」

「沒有錯。我想妳跟上原同學有用時間培養出來的信賴關係，因此只要好好解釋清楚，這次的事情肯定可以當成暫時性的『衝擊』帶過……呃，可是天道同學跟我就……」

「嗯……我懂雨雨想表達的意思。不過你說要展現誠意，是打算怎麼做呢？」

「這個嘛……」

我不禁語塞……儘管有想到幾個主意，老實說都不是積極正面的做法……而且，我覺得那肯定會惹亞玖璃同學生氣。

亞玖璃同學卻好像眼尖地看穿了我的想法，板著臉追問：

「喂，雨雨，假如你打著不好的主意……」

於是，就在她話說到一半的瞬間。

「打、打打打打擾你們了！」

「「──！」」

伴隨著突然的問候聲，有不請自來的海藻現身在我們的座位了。

「千、千秋？」「星之守同學？」

她不理會驚訝的我們，還把亂柔軟的身體湊過來，想在我旁邊硬擠出位子坐。我跟亞玖璃同學忙著往裡面挪，仍舊目瞪口呆。

千秋明明是自己跑過來的，卻好像極為尷尬地變得滿臉通紅……然而，她同時也用頗嚴肅的目光來回瞪著我跟亞玖璃同學。

狀況太莫名其妙，我們連話都說不出來。千秋告訴過來的女服務生：「那個那個，我也想點購飲料吧的服務！」簡短交代完以後，她把包包重新擺到旁邊，深深地吸氣……

接著，她就像在責備我們一樣，莫名其妙地含淚喊了出來。

「兩……兩、兩位的關係，我、我還沒……沒辦法認同！因、因為……因為我……我……！我也……！」

「「…………什麼？」」

「…………什、什麼？」

於是，就這樣。

現場湊成了沒有半個人對狀況有像樣的理解，都弄得滿頭霧水的三人組。

＊

「太、太不好意思了……」

千秋一邊小口小口地喝水，一邊低下比剛才更紅的臉。

我和亞玖璃同學看著彼此的臉，無奈地嘆了氣。

……千秋闖進來以後大約過了五分鐘。她聽完我們解釋這場聚會的意義，在對狀況有所理解的同時，原先的怒氣也就不翼而飛，完全變回平時那個……和我一樣處於「坐立難安」模式的星之守千秋小姐了。

她依然低著頭，連飲料都不拿就開口解釋：

「不是的，那個……今天我們的父母不在家，所以我跟心春約好來家庭餐廳吃飯……然而，目擊到兩位親密地講話的瞬間，前些日子的那一幕在我腦中重演，火氣就忍不住上來……回神以後，我已經坐到景太旁邊了……」

「「……是喔。」」

對我們而言，她的解釋聽起來似懂非懂。

「（換成是天道同學，身為我的女朋友，她會氣得闖進來還可以理解……可是千秋為什麼要在那種時候發火呢……）」

那簡直就像是喜歡我的人一樣。哼，又不是戀愛喜劇作品。

既然如此，嗯～～是因為憤慨嗎？好比說，千秋覺得明明我跟亞玖璃同學各自有另一半，這樣太不檢點了……她的個性有對戀愛那麼認真嗎？不過，千秋對上原同學是挺有想法的啦……嗯～～……

……無論怎麼想都覺得不太實際。話雖如此，我和亞玖璃同學都沒有興趣再欺負千秋。

亞玖璃同學帶著些許打圓場的意思開口說：

「對、對啦，才過沒幾天，人家和雨雨就一對一獨處，感覺確實說不過去。這部分是我們有錯，不過正因如此，為了避人眼目，我們才挑了跟平常不一樣的家庭餐廳……」

她說著就瞥向窗外。

「……說起來，即使這裡算在市區，多少還是離星之守同學的家比較近啊……」

「是啊是啊……對不起。雖然並沒有說走兩步就到，但折衷味道跟價格，我們家偶爾會來用餐…………真的很抱歉……」

「不會啦，妳沒有什麼需要道歉的……」

亞玖璃同學尷尬似的用眼神催我「快想點辦法」……何、何苦叫我想呢……

「…………千、千秋，妳最近在玩什麼遊戲？」

「你未免太不會閒聊了啦，雨雨！居然跟心情沮喪的女生聊電玩！」
亞玖璃同學用全力吐槽。不過——
「啊，我開始玩《龍血樹的迷宮5》了喔。景太你也有玩對不對？」
「聊起來了！」
亞玖璃同學感到愕然。我只顧和千秋繼續談下去。
「當然啦！我目前在攻略第三層。妳呢？」
「我也是！哎呀呀，為什麼這種類型的遊戲玩到中期都這麼有趣呢！」
「還大為奏效！電玩御宅族到底是怎樣！任何時候只要拋出電玩話題就會high嗎！」
亞玖璃同學好像還在講東講西，卻已經傳不到開始聊電玩的我們耳裡。我跟千秋相鄰而坐，還把身體轉向彼此，熱情地聊了起來。
「我懂耶！玩RPG經過開頭的教學階段，來到中期能做的事情、想做的事情一舉變多，感覺最令人興奮了！」
「對呀對呀！要是玩有『轉生』或『轉職』系統的遊戲，到中期或後期發現效率高的練功點時，『培育空間』一口氣拓寬，心裡頭有了許多展望的感覺也很棒對不對！」
「懂到不行！這一代的第三層正是這樣，我的劇情進度已經在這裡停了十小時左右，都忙著練角色耶！」

「是啊是啊！就是這樣！一旦開始練功以後，感覺已經不是為了打王推劇情才練的，狀況變得像『為練功而練』一樣，都提不起勁讓故事往後發展下去了對不對！」

「我會覺得乾脆定居在那裡算了。那就好像吃百匯自助餐吃到肚子撐一樣。」

「你比喻得好妙喔，景太！哎呀～～不過那種墮落感也是遊戲好玩的地方啊……」

「就是說啊，千秋同學。」

我們兩個就這樣看向半空，發出陶醉的嘆息。

……在對面的座位，亞玖璃同學正用手肘拄著桌子，一臉傻眼地望著我們。

「……怎麼說呢，撇開所有複雜的狀況……你們兩個乾脆交往不就好了？」

她好像在瞎說些什麼，但我和千秋都將心思徜徉於遊戲，因此沒空理會。

當我們享受了一陣子好似泡在溫泉裡的幸福感以後，就在完全相同的時間點一起開口：

「話說回來，這一代最棒的部分還是——」

「話說回來，這一代格外退步的部分還是——」

接著，兩個人的聲音剛好重疊了。

「『女角色全都很可愛。』」

…………………………

「「啊？」」

我們頓時狠狠地瞪向彼此。霎時間，眼前座位響起了「啪啪啪」的鼓掌聲。

「唷，雨野大師！星之守大師！唉呀～～雖然以往偶爾也有目睹你們發生小衝突……但是看到這麼扎實的經典吵架套路，不由得還是會感動！心境簡直像欣賞完傳統技藝一樣。感覺賺到了耶～～人家現在超開心的～～」

亞玖璃同學似乎正在瞎起鬨，但我們沒空理會。

我和千秋一如往常地直接針對「萌」開了足足長達十五分鐘的研討會，當彼此都耗盡力氣以後，才總算注意到亞玖璃同學的存在……兩個人就一起向她道歉了。

「「對、對不起……」」

「不會不會，我欣賞了你們的表演。很棒的餐前秀。」

一回神，亞玖璃同學正自顧自地吃著不知道什麼時候點的炸薯條。她還把我們的口角當成配菜，似乎享受得很。

然後，亞玖璃同學直接問了不可思議的問題。

「話說你們倆有幾個小孩啊？」

「「不，我們沒有結婚啦。」」

「真的假的～～」

亞玖璃同學不知為何由衷地嚇了一跳。還有，千秋不知為何在旁邊稍微漲紅了臉。這種程度的玩笑話，也不用氣成那樣吧……

總之，原先千秋闖進來造成的尷尬氣氛就這樣緩和了。

等千秋從飲料吧拿了喝的回來以後，趁這個機會，我們決定也問她對於日前那件事的觀感。

「千秋，關於之前在遊樂園的那件事……」

「啊。我懂我懂，就是兩位接吻那天的事情對不對？」

「「並沒有。」」

我們又直接對千秋展開辯解。儘管她非常不甘願，還是理解似的點頭了。

千秋喝了一口溫熱的紅茶，然後鼓起臉頰。

「可是可是，實際上從我的觀點來看，只覺得你們根本就『親到了』。」

「「啊～……是喔……也是啦……」」

我跟亞玖璃同學都頭大了。千秋看了會那樣認為……表示其他人應該也一樣。這個問題實在是根深蒂固。就算其實並沒有親到，既然他們的目擊證詞比較有分量，假如這是打官司就完全輸了。

於是，似乎連千秋都對我們這樣的反應有些動搖，露出了略顯關心的表情。

「那個那個……話雖如此，我們也不是完全不相信兩位的主張喔。只不過……那與我們所看見的找不到折衷點就是了……」

「「唔、唔嗯~……」」

寶貴的一番話，然而，這同時也是徒增困擾的證詞。我們對這實在無能為力……不過正因無能為力，再煩惱下去也沒有用。

我決定把話題轉到其他方面。

「話說千秋，我從剛才就一直有一個部分不太懂耶。」

「是嗎，什麼部分？」

千秋又優雅地喝了一口紅茶並回話。我別無用意地問她：

「千秋，我跟亞玖璃同學接吻的那一幕，為什麼會讓妳大受衝擊？」

「噗呼！」

千秋小姐把紅茶都吐出來了。幸好只有稍微弄髒桌子，沒有噴到人或食物，不過還是很慘。嗆到的千秋咳得厲害，還一邊急著用紙巾擦桌子一邊回答：

「沒、沒有啦，呃，那個，那個，因為，因為……」

「冷、冷靜一點，千秋。我也是第一次在搞笑漫畫以外的地方看到妳那種反應，所以不知道該怎麼辦，總之妳先冷靜下來。」

「好、好的……呼……哈……」

「冷靜下來了嗎？」

「好的……不要緊。驚擾兩位了。對不起，讓我喝一口紅茶。」

「嗯，那就好……所以說，妳為什麼會對我跟亞玖璃同學接吻的那一幕大受衝——」

「噗呼！」

「「完全就是搞笑漫畫裡的人物耶！好厲害！」」

我跟亞玖璃同學反而覺得有點佩服了。除了桌子以外都沒有弄髒，拿捏得剛剛好，真像某種絕活一樣。

當我們眼睛發亮地看著千秋時，她又迅速用紙巾擦了桌子，然後清了清嗓重新開口：

「那、那還用說……目睹兩個各有交往對象的熟人在眼前接吻，又不是多容易碰到的經驗，當然會受衝擊啊。」

這確實再合理不過。但是……

「不過，也不至於成為讓妳『內心受傷』的事件吧？可是連妳妹妹心春在內，我總覺得妳們兩個的反應都太過頭了……」

星之守姊妹會搞到跟上原同學或天道同學一樣激動，仔細想想就很奇怪。

我純粹提出疑問，千秋的眼睛不知道為什麼就開始打轉了。

「呃，沒有啦，那是因為……那個，那個……」

於是在下一瞬間，有意想不到的人幫腔了。

「雨雨，你這樣不行喔。光是目擊兩個出乎意料的熟人接吻其實就滿令人受傷了耶。」

亞玖璃同學「嘖嘖嘖」地搖著手指。我不禁歪頭。

「亞玖璃同學？呃……妳說的是什麼意思？」

「這個嘛，如果用你的觀點來舉例……比方說，要是你看到星之守同學和那個叫三角什麼來著的男同學接吻，會有什麼感覺？」

咦…………三角同學和千秋…………………？

「唔哇！雖然不知道為什麼，我覺得超受衝擊的耶！」

我想像以後就受到了比預期更深的傷害！這是怎樣！很令人反感耶，兩個熟人連怎麼搭上線的都不清楚，就出乎意料地接吻了！我在落單時期想都沒想過會有這種恐怖場面！簡直毫無招架能力！

當我心臟怦然猛跳時，亞玖璃同學對著千秋輕輕眨了眨眼睛。對此千秋道謝似的連忙低頭行禮……她們剛才的互動是怎麼回事？只是幫忙表達想法就讓千秋感謝成那樣，好像太誇張了……

不過，反正我也了解千秋的心情了。我重新向她低頭賠罪。

「抱歉，千秋。我也明白妳受到衝擊是什麼心情了。」

「是、是嗎？那就好……呼～」

千秋看似終於冷靜下來，拿起紅茶就口。

我微笑著對這樣的她繼續說：

「千秋，要看妳跟男生接吻，確實會讓我非常反感。」

「噗呼！」

「這次的導火線又是什麼！」

再次狂噴紅茶的千秋讓我嚇傻了。下個瞬間，我莫名其妙就被兩名女生用力瞪了。

「「當別人喝茶時，你都不要再講話了！」」

「太不講理了！」

剛才錯的也是我嗎！我又沒講什麼好笑的事情！要說的話，千秋沒頭沒腦就激動成那樣才有問題吧！

我心裡是這麼想，不過來自兩名女生的壓力奇大無比，我只好閉嘴。

千秋終於正常地慢慢喝下一口紅茶以後，才總算歇了會兒。

「呼……反正呢，我們姊妹的反應在當下應該不算什麼大問題。問題在於你們兩位的交往對象，不是嗎？」

「「說得也是……」」

老實說，我們在千秋來了以後就一直刻意岔開話題，然而目前最大的問題，確實並不是星之守姊妹那種沒頭沒腦的激動反應。

千秋一邊偷瞄亞玖璃同學的動靜，一邊繼續說：

「不過，呃，當著上原同學的女朋友面前講這種話是不太好聽…………不過，基本上他的貞操觀念好像滿薄弱的，不是嗎？」

「當著女方的面講那種話真的不合適耶！不過……遺憾的是，人家也能理解小星兒想表達的意思就是了……」

「小、小星兒？」

千秋對亞玖璃同學突然改變的稱呼方式感到困惑。亞玖璃同學則若無其事地繼續說：

「畢竟『星之守同學』叫起來挺長的不是嗎？包含同好會在內，我們明明滿有機會講話，一直那樣稱呼也嫌奇怪嘛。取個綽號應該可以吧。」

「綽號……綽號嗎……朋、朋友幫我取了綽號……呵呵、呵呵呵……呵呵呵呵……」

千秋亂噁心地笑了起來。實在好詭異……雖然我想這麼說她，遺憾的是我也明白「被朋友取綽號」這回事有多麼寶貴。

話雖如此，亞玖璃同學好像真的只是無心地省略了稱呼，所以又打圓場似的繼續說：

「呃，妳不喜歡的話可以改回來……」

「不會不會，請妳務必用綽號！是的，麻煩妳用綽號叫我！」

「是喔，既然如此……那就這樣叫嘍。對了，那人家……」

「啊，那麼那麼，請讓我叫妳『大姊頭』！」

「「大姊頭？」」

我和亞玖璃同學都為之一驚，千秋卻帶著好像理所當然的表情告訴我們：

「『小星兒』絲毫不含輕蔑或嘲笑的意味，對於肯幫我取這種中聽綽號的人，以後怎麼能平起平坐地講話呢！」

「欸，我們要平起平坐地講話啦！被同年級的人叫成大姊頭，實在很討厭耶！像雨雨也把人家當成神明，你們為什麼一下子就要把人家抬舉得這麼高啊！」

「因、因為因為……」

「沒有因為！不然妳跟以前一樣叫『亞玖璃同學』就好了！」

「那、那樣在道義上說不過去！」

「現在有那種必要嗎！」

兩個人就這樣直來直往地爭了一陣子……於是五分鐘之後，兩個人總算找出妥協點兼結論了。

「那、那麼，小星兒對人家的稱呼就決定叫『璃姊』嘍……」

「不、不得已嘍……」

像這樣做出結論以後，她們倆又帶著笑容彼此打招呼。

「那以後請多指教喔，小星兒。」

「是的，璃姊。」

我也跟著參與她們。

「多指教嘍，海帶頭。」

「你閉嘴，豆芽菜矮子。」

我們火花四濺地用視線交鋒。亞玖璃同學一臉傻眼地嘀咕：「某種意義上來講，你們的關係倒是令人羨慕……」我完全無法理解針鋒相對到這種地步有什麼好羨慕就是了……

這時候，千秋清了清嗓把話題帶回去。

「呃，那麼，關於上原同學，那個，我想表達的是……起碼跟天道同學比，他應該屬於對那種事情『大而化之』的人，因此只要好好說明，感覺他滿有可能會諒解啊。」

「是嗎……嗯，既然小星兒肯這麼說，人家好像寬慰了一點。」

表情開朗了些的亞玖璃同學搔起臉頰……像剛才叫綽號的時候也是，感覺這兩個人在最近關係好很多了……雖然由我來看，她們倆應該是鬥得火熱的「情敵」才對……

在我茫然思考著這些的時候，千秋把冷水潑到我這邊來了。

「不過不過，天道同學就沒那麼容易了喔，景太。該怎麼說呢……因為她是個有潔癖又清純的人，就算事情解釋清楚了，受到的衝擊恐怕也難以估計……」

「說得沒錯……」

我也一直都是這樣想的。不管實際上有沒有親到……在談論真相以前，當天道同學看見那一幕時，或許就已經深深受到傷害了。

千秋進一步問我：

「景太，接下來你打算怎麼對待她呢？」

「嗯……關於這一點，其實在我心裡……已經大致釐清頭緒要怎麼『做出了結』了。」

「『做出了結』？那是什麼意思……」

「嗯……」

我用冰咖啡潤了嘴脣以後，重新向她們倆道出自己的決心。

「首先，假如天道同學對我深深幻滅了……到時候，我打算跟她分得一乾二淨。」

「「什……」」

女生們嚇得一瞬間說不出話。隨後，她們倆心慌似的接連開口：

「不不不，雨雨，你也不用突然就那麼果斷……！」

「璃姊說得對，景太！再怎麼說，你的想法都太極端了！那就是你的毛病！」

我受到她們倆責備。即使如此，我還是不讓步。

「不，我認為這次該用極端的思考方式。畢竟……我身為男朋友，居然當著女朋友面前跟其他女性接吻耶。比這更要命的問題，應該也不好找吧？」

「「這……」」

「就算實際上沒有親到，天道同學若無法釋疑就還是一樣。而且，與其讓她一直在心裡懷著這種疙瘩，還繼續維持只有便宜到我的交往關係…………哪怕會被她怨恨，我也該堅決抽身，及早讓她展開新的青春才對。」

就像我在這個春天，透過天道同學重新展開了美好的青春那樣。

「「…………」」

兩個女生都帶著安分的臉色沉默下來。我急忙打圓場。

「沒、沒有啦，結果會怎樣還不曉得啊。天道同學也有可能全面相信我們的說明，認同『沒有接吻這回事』，所以並沒有確定一定會分手。該怎麼說呢，我談的是自己的覺悟與了斷方式。對了，無論分不分手，我還有另一件事想做出了結，那就是──」

「雨、雨雨！」

這時候，亞玖璃同學帶著拚命的表情，突然出聲打斷我的話。

我把話題停下來望著她，她便端正姿勢並低頭賠禮。

「雨、雨雨……那個……呃，對不──」

「請、請等一下！」

這次換我打斷亞玖璃同學了。我急著對愣住的她繼續說：

「亞玖璃同學，妳打算道什麼歉！請不要這樣！要是妳這時候道歉，我們不就完全變得像『曾經接吻過』了嗎！」

「可是……就算沒有接吻，假如那成了讓你跟女朋友分手的原因……」

「亞玖璃同學，至少這絕對不是妳的錯。倒不如說，要是妳胡亂揹責任，我和天道同學才會於心難安。因此……妳反而要保持跟平常一樣，讓自己大大方方的。」

「雨雨……」

亞玖璃同學默默跟我目光相接……然後，用力地點了頭。

「……嗯，人家明白了。人家不會再多說什麼，也不道歉。人家只會……默默在心裡祈禱，希望天道同學和你能發展順利。」

「謝謝妳，亞玖璃同學。」

我跟亞玖璃同學柔柔地對著彼此笑。這時候……不知道為什麼，千秋就像點燃了競爭意識一樣擠進來加入對話。

「那、那個那個！我也會幫你加油！」

「咦？嗯，好啊，謝謝妳喔……？」

「還有還有，景太，萬一你跟她分手了……嗯嗯呃呃，你的青春也未必會完全結束啊！像天道同學有機會讓青春重來那樣！你的青春要接關，也還大有可能不是嗎！」

「什、什麼？我的青春……還有接關的可能？」

「是的！你、你想嘛……比如說……呃……或、或許還會有其、其他處得來的異性，跟你一拍即合……那、那樣的發展……也是有可能的啊……」

不知為何，千秋說到最後就紅著臉開始嘀嘀咕咕……呃～她這是怎麼搞的啊？難道是不習慣幫人打圓場而感到緊張嗎？就算這樣……

「哎，不會有那種事的啦，千秋。」

「居然斷言了！」

千秋莫名其妙地受了衝擊。我一臉正經地繼續告訴她。

「現在談的可是我耶，落單路人角雨野景太。而且我才剛經歷『和天道花憐交往』這種像是把一輩子的運氣都用光的劇情事件耶。正常來想……之後根本就一直線通往魔法師的人生了吧，照這樣看的話。倒不如說，光是能短暫和天道同學交往就已經算是奇蹟了，有那樣的回憶就算得天獨厚了。」

「你把自己看得太輕了吧！雖然我也有那種特質！」

「何況從我的能力之低也可以料想到年收入會有多慘澹……有鑑於此，大概連想騙錢的異性也不會靠近我。」

「請不要淡然地聊起悲慘的展望！景、景太，你自視非凡的中二病精神到哪去了呢！」

「那不成問題。我非常期待自己能成為施展最強火系魔法的第一人！」

「請不要期待學會魔法！不、不要對那麼多事情都死心啦！」

「千秋，到時候請妳務必跟我組魔法師隊伍一起玩！」

「為什麼連我都要拖下水！我、我還沒對自己的人生死心喔！」

千秋氣喘吁吁地吐槽。嗯，真意外。難道說，她也有跟別人結為連理的遠景嗎？啊，會是上原同學嗎？不過，嗯～～……雖然說以前莫名其妙被告白過，既然他目前已經有亞玖璃同學這個沒得比的伴侶了，感覺競爭會很凶耶……

當我思索著這些時，幾乎一個人把炸薯條全吃完的亞玖璃同學就開口說：

「那麼，扯來扯去也滿晚的了，我們差不多該解散了吧？」

「啊，對喔。呃，千秋妳呢……？」

「啊，我要在這裡等心春——哎呀，請等一下。」

千秋說完就動手檢查疑似收到簡訊的智慧型手機。於是幾秒鐘以後，她大大地嘆了氣，也匆匆開始準備離開了。

我和亞玖璃同學都感到不解，千秋便做了說明。

「心春她還有想看的電視節目，所以打算在便利商店買飯……因此我還是跟你們一起走吧。」

「了解。」

就這樣，我們三個一起離開家庭餐廳。就在這個時候……

「（啊，對了，「我另一件要了結的事情」被帶過了……）」

儘管我察覺了這一點，如今也沒有必要特地回座位多聊。

我們各自在收銀台結帳以後就到了外面。明明還不到六點，太陽卻已經完全下山了。

我們三個一邊心不在焉地聊著天一邊走在人行道上。

「日落變好早喔～」

「對呀。」

「感覺跟雨雨一樣耶～～」

「雖然意思聽不太懂，總之我可不可以打人？」

「請不要這樣，景太！為什麼妳對璃姊就那麼暴力！」

「笨問題耶，千秋。因為對方是亞玖璃同學啊。」

「你這是笨回答，景太。根本莫名其妙！這裡的人際關係是不是太特別了！」

毫無營養的鬧扯在此時變得十分快意。這是我在落單時期沒有的救贖。有平時動不動就拌嘴的這兩個人在……此刻，我打從心裡感到寬慰……不、不過，因為不甘心，我不會直接告訴亞玖璃同學和千秋，但是就在心裡頭深深感謝她們好了……真的，萬分感謝。

這時候，千秋似乎想幫我跟亞玖璃同學調解鬥嘴的氣氛，就稍微強硬地湊到我旁邊，跟我聊起電玩了。

「說、說到《龍血樹的迷宮》，這次的王都好難打耶！」

「咦？噢……確實很難。要打王還得走滿多沒有記錄點的路，想再次挑戰也很辛苦。」

「對呀對呀。正是因為這樣，我一不留神就會把心思都花在練功而不去打王……再說，這次game over時罰得好重。」

「是啊，畢竟這一代會遺失裝備……多虧如此，目前我那支始終連戰連敗的隊伍有夠弱的啊。」

我對著千秋苦笑。於是，她看似意外地回望我。

「咦？為什麼？你不是跟我一樣，在打有風險的王之前都會不停練功，屬於準備齊全才挑戰的玩家嗎？何必白費力氣多挑戰那幾次，還讓裝備遺失……」

「噢……對啦，是這樣沒錯。不過……」

我一邊望著正前方一邊回答。

「最近呢，我開始覺得在不顧一切用全力挑戰後落敗，好像也是不錯的遊玩體驗了。」

「如果是玩對戰格鬥還可以理解……不過不過，在這種『輸了』會有風險的ＲＰＧ，打敗仗根本就沒有好處……」

「哎，我當然也想贏啊。不過『挑戰、落敗、失去』……或許也是『良好的遊戲體驗』。總覺得，我最近開始會這樣想了。」

相對於笑著這麼表述的我，千秋她……不知為何微微地低頭回話。

「…………你說這話簡直就像天道同學耶，景太。」

「咦？對喔……聽妳一說或許是這樣沒錯。是嗎是嗎？別看我這樣，原來我在不知不覺中也受了許多天道同學的影響。」

我對千秋指出的這一點深感認同，就忍不住對她投以笑容。然而不知為何……她卻用看似有些落寞的微笑回覆我。

「？」

我不太懂那樣的反應是什麼意思，正打算重新問她有何含意——就在這時候，走在我們前面的亞玖璃同學回頭了。

「話說，雨雨還有小星兒，你們就這樣跟人家一起往市區方向走不要緊嗎？」

她這麼問，我們便打住電玩的話題回答。

「啊，是的，我要從車站搭公車，所以就先一起走。」

「我、我也打算在車站跟心春會合，所以沒問題。」

「了解。那我們走到車站吧。」

因此，我們三個結伴走在夜晚的街道上。我本來想找千秋問剛才的反應是什麼意思……不過她難得跟亞玖璃同學閒話家常起來，機會就錯失掉了。

哎，死纏爛打也不行。我轉換心情，獨自茫然地望著街景走路。

……不過話說回來，仔細想想，我們三個會湊在一起實在滿稀奇的。雖然說都是電玩同好會成員，只有三個人聚首的情況或許沒那麼容易遇到。

「（和辣妹以及海帶頭結伴走在夜路上的雨野景太啊………前、前些時候的我看到這一幕，不知道會怎麼想喔。）」

再怎麼說，感覺我的人際關係在這幾個月轉變實在太大了。話雖如此，跟這兩個人認識還只是開頭，最具衝擊性的仍是「和鼎鼎大名的天道同學變成情侶」這樣的事實。

「（情侶是嗎……）」

……別說幾個月前的我，即使由現在的我來看，依然覺得這是毫無真實感的事實。

不過，那也難怪了。我們開始交往的契機根本就——

「咦，奇、奇怪？」

「？怎麼了嗎，亞玖璃同學？」

由於亞玖璃同學突然停下來，我便中斷思緒問道。

於是，亞玖璃同學指向眼前已經可以看見的車站，還帶著十分不解的臉回頭看了我。

「……人家好像看到祐跟天道同學……還有心春學妹……一起走進車站了……」

「「…………什麼？」」

…………

……在這條街上，似乎另有一群不可思議的三人組。

＊

當我們走進車站以後，就看見那三個人似乎在大廳中央的休息用沙發爭執些什麼。急忙趕去的同時，也慢慢能聽見他們爭吵的內容。

「——早說過好幾次了，我沒有那種意思。」

「既然如此，你在約會時玩弄我身體的那件事要怎麼解釋！」

「關於這一點我只能說『冤枉』啦！」

「看吧，你又用『冤枉』這種亂猥褻的字眼（註：日文中的冤枉同「濕衣服」）！」

「欸，妳那是什麼不講道理的指責！想法猥褻的是誰啊！」

「當然是渣原學長啊。反正你八成滿腦子都在遐想『衣服被陣雨淋濕，胸部堅挺又毫無防備的年輕人妻』才會說自己『冤枉』。」

「講成那樣未免太冤了吧！」

「請你們兩個都冷靜點。大庭廣眾下不適合那樣鬥嘴……」

「哎呀，天道學姊，妳也有問題喔。雖然妳從剛才就站在類似和事佬的立場，但我一樣在生妳的氣！妳都已經有雨野學長當男朋友了，還跟這種和出賣肉體的男優沒什麼區別的男生單獨走在街上……」

「不，我說過很多次，我們真的只是碰巧遇見，然後妳就反應過度把事情鬧大了——」

「不不不，天道，應該先要求她撤回說我『和出賣肉體的男優沒區別』這段發——」

他們三個好像僵持不下。儘管我們靠近到足以聽清楚他們對話的位置……然而，我們幾個就在此時停下腳步，完全不動了。

這是因為……

「「（唔哇～～真不想被人認為跟他們認識～～）」」

我們三個心裡都充滿了完全同調的想法。

目光交會的我們相互點頭以後，決定悄悄離開現場——

「咦，奇怪，雨野同學？在那裡的是雨野同學，對不對？」

「——————嘖！」

「嘖？」

被男朋友狠狠咂嘴的天道同學受了打擊。對不起喔，天道同學……不過，我認為是在車站裡展開那種對話的人有錯耶……

總之，被發現也就沒辦法了。我們僵硬地回過頭，天道同學他們就停止爭執，還訝異似的睜大眼睛。

「「……不可思議的三人組在做什麼啊？」」

「「根本就是我們要講的台詞！」」

我們忍不住全力吐槽。

結果在那之後，我們幾個談了大約五分鐘才總算掌握彼此的狀況。

天道同學和上原同學兩人似乎是基於「種種因素」，都曾在今天放學後到電玩社的活動露面。後來他們各自從學校離開了，可是嘆就嘆在兩人都喜愛電玩，所以又在車站附近的電玩中心碰個正著。既然碰上了，不如順便閒聊到車站……於是他們走上一小段路以後，似乎就受到了心春同學的盤問。

被星之守家的女人誤會搞外遇，還氣沖沖地闖入……我好像在哪裡聽過這件事。難道是最近的流行趨勢嗎？

我們這邊也順勢開始說明狀況。然而，我們和天道同學他們不一樣，原本就沒有什麼碰不碰巧，還單獨在家庭餐廳見面。

坦白講這一點就算被懷疑外遇也無法開脫，我跟亞玖璃同學都做了覺悟……

不過，意外的是天道同學和上原同學都一下子就信任我們了。

當我和亞玖璃同學感到不可思議時，他們倆就看向彼此的臉，然後似乎有些無力地齊聲回答。

「「哎，因為我們（我跟她）才剛在法庭上被狠狠教訓過……」」

「「法庭？」」

我和亞玖璃同學歪頭表示不解……完全莫名其妙。什麼法庭啊？

可是天道同學和上原同學好像都無意詳細說明，就把話題迅速帶過。

「總、總之就是我和上原同學，目前都處於微反省模式。」

「對對對。所以沒有心情胡亂懷疑你們兩個搞外遇……」

「「哦……是喔……這樣啊……？」」

怎、怎麼搞的啊？這種沒有受到懷疑也會覺得有點不滿意的感覺。該說是不過癮嗎……

畢竟我跟亞玖璃同學都卯足了勁想辯解……

不過，既然照樣能受到信任，就應該坦然地心懷感激。

於是在彼此的說明告一段落以後，上原同學像是要重新帶領話題一樣開口了。

「簡單說，總之大家都正要回家對吧？不管是坐公車或走路。」

「是啊，沒有錯。」

天道同學點頭。上原同學表示「對吧」又繼續說了下去。

「那麼……所有人齊聚在這裡也沒用吧，解散是不是比較好？」

他的提議再合理不過，可是，在場所有人都用難以分辨是肯定或否定的微妙沉默當作答覆。

上原同學為難似的搔搔頭看向亞玖璃同學。亞玖璃同學看似有些尷尬，轉開了視線。我和天道同學這一對也冒出了類似的反應。

「（……啊，對喔……）」

目前，我們至少在表面上都各自對「接吻（未遂）事件」釋懷了，因此本來就沒有任何會尷尬的理由才對。

可是，結果我們卻像這樣無法保持平時的本色……由此看來，其實在每個人心中根本什麼問題也沒有解決，而且彼此都看透了這一點。

「「…………」」

既無法率先回家，也沒有改善現場氣氛的妙點子。以結果而言，就是所有人都沉默。由於大家在骨子裡都會體恤別人而導致的……停滯感。

這樣下去只會變得越來越坐立難安。

「呃，呃～那個，雨野學長，情色遊……不對……呃……」

為了改換氣氛，心春同學想丟出其他話題，卻又不能讓自己的興趣露餡，進行得並不順利。

而且，我們幾個二年級的人被別校學妹這樣關心，實在很丟臉，結果氣氛就變得更令人坐立難安。於是……

「那……那個……呃……遊戲……對了……《龍血樹的迷宮》……」

在旁邊有音量小得只有我能聽見的說話聲傳來……我就把視線轉了過去。結果，在那裡的是……

「（千秋……）」

不知道是為了妹妹或是為了我們……明明不習慣做這種事，卻滿臉通紅地一邊發抖一邊想提供話題閒聊而拚命摸索的電玩宅女身影。

……

瞬間，我總算在心裡決定豁出去了——好。

「請聽我說！」

「「？」」

我用足以蓋過千秋那些細語的音量開口。當所有人驚訝似的抬起臉時……我就大大方方地挺起胸膛，往前踏出幾步。

接著，我站到了天道同學面前。

「……雨、雨野同學？怎、怎麼了嗎？」

「天道同學，我深深了解，這種話題本來並不應該當著大家面前提出來……但是，我想目前在這裡的人對我們來說，都是稱得上『自己人』或『相關人士』且無可取代的人們，因此希望妳能予以包涵。」

「是、是喔。呃……雨野同學？你到底想說什麼……」

天道同學愣愣地問。當周圍的人也都啞口無言地觀望時……我認真無比地挺直背脊，提出那個話題。

「我想談的，當然就是關於我們的交往關係要如何『做出了結』。」

「「！」」

不只天道同學，可以感覺到在場所有人都屏息了。

我吸了一大口氣才繼續說下去。

「天道同學，我想先跟妳確認……」

「好、好的。」

天道同學帶著緊張的臉色面對我……我便下定決心，提出那個疑問。

「關於我和亞玖璃同學接吻那一幕，妳能認同我們解釋為未遂的說法，讓這件事過去，然後跟我回到像以前一樣的交往關係嗎？」

「…………」

面對我的疑問，天道同學保持沉默，先緩緩地閉了眼睛。

就這樣，她閉著眼睛思考了足足十秒鐘左右。

當天道同學再次睜開眼時……那對藍眼睛裡已經有毅然的決心滾沸著。

她直截了當地面對我，然後緩緩道出……那誠實而坦白的答覆。

「不。我已經沒有要跟你保持像以前一樣的意思了。」

「這樣啊……」

明明我早就有所覺悟，實際聽到她這麼說，我的喉嚨卻哽住了。

這時候，亞玖璃同學突然從背後開口：

「欸，等、等一下啦，天道同學，雨雨沒有任何錯——」

「亞玖璃同學！」

我大聲制止她。儘管亞玖璃同學仍不肯罷休地說：「可是……！」在我回頭致意「謝謝妳」以後，她有一瞬間露出快哭的表情，但還是咬住嘴脣並且低頭讓步了。

我重新面對天道同學，硬是運用臉上的肌肉擠出微笑。

……坦白講，我現在就想哭。萬一亞玖璃同學再繼續幫忙說好話，我真的會把持不住。

然而……我不能再讓尊敬的女性看到自己不中用的一面。

當大家都不吭聲地觀望事情發展時，我又繼續說：

「天道同學，我確實收到妳的想法了。那麼，從此刻起，我們就已經……」

「是的，沒有錯。雨野同學……讓這樣的關係結束吧。」

從她口中冒出的決定性語句讓我差點忍不住嗚咽。

然而……不行。還不行。

畢竟在此當下……我想做出的「了結」，只有完成一半。

「雨野同學——」

天道同學朝我伸手，想要說些什麼。

但是，我拒絕似的後退一步並喊了出來：

「那碼歸那碼！」

天道同學頓時嚇到了。另外，圍觀的眾人也是，還有幾個湊熱鬧的路人也一樣……嗚嗚，好丟臉。但是，我顧不了那些。

只有在此時此刻，我才有「做出『了結』的機會」。

我挺起胸膛，大大方方地宣言！

「我、我打、打算把這當成最後的機會！用、用、用我的方式，對這段交往關係做出『了結』！天道同學！請妳靜靜地聽一下！」

「呼嗯？雨、雨野同學？你、你到底在說什麼……」

天道同學顯得對狀況沒有頭緒，眼睛直打轉。周遭眾人也露出動搖的模樣圍觀。

我……在人生當中，臉從來沒有這麼紅過。

即使如此，為了徹底將事情「了結」……

我仍扯開嗓門，傾盡全力，懷著所有心意……對天道同學喊了出來！

「天道花憐同學！我……我喜歡妳！」

「噫！」「「！」」

天道同學發出怪聲還紅著臉嚇得整個人往後仰。朋友們都為之瞠目，車站裡的路人們也停下腳步了。

好丟臉，丟臉得令人想死。我好想消失。

然而，即使如此……我還是沒有停。

我不停止告白。

「我喜歡妳的笑容！妳的笑容一下子就將我這種毫無優點又沒用的男生，從憂鬱的日常生活中救了出來，讓我由衷地迷上妳了！」

「欸，等一下，雨、雨野同……」

天道同學慌了。被我這種奇怪的舉動拖下水，她好可憐。儘管我心裡這麼想，然而為了「了結」就不得不這麼做。

我還是繼續說：

「我喜歡妳認真的眼神！妳在面對遊戲或競爭時都絕對不會放水的那種態度，總是讓我感到憧憬，還讓我強烈地湧上愛慕之情！」

「呃，那個，怎麼說，這……喂……」

「我喜歡妳有點偏差的感性！對任何事都擁有獨特觀點的妳，有好幾次講話都逗得我笑了出來，也有好幾次讓我感到佩服！跟別人相處，我第一次體會到這麼充實的感覺！或許我說這些會被當成毛頭小子訕笑，即使如此，我在想，這大概就是愛上別人的感覺，是的，我感覺到那就是愛的一部分！非常謝謝妳！」

「呀！不、不、不、不要……」

天道同學用雙手捂住臉。別說是她，現在連我的朋友們都臉紅了。

然而……即使如此，再怎麼丟臉，我也要用全力講到最後。

「還有！更重要的是……和妳玩遊戲……和妳大聊特聊電玩的時光……在我的人生中，肯定是最幸福的一段時刻！」

「雨野同學……」

天道同學從手指的縫隙偷看我。

我則對她投以微笑，然後……

我決定在最後再一次表白自己的心情，為事情收尾。

「天道花憐同學！我好喜歡……我好喜歡妳！完畢！」

「「…………」」

回神以後……不只天道同學，我所有的朋友都害羞得幾乎從頭上冒出熱氣了。

而且，甚至連周圍湊熱鬧的群眾都紛紛送上了掌聲……多、多麼羞恥！

在我差點羞得死去活來的時候，天道同學還是大受動搖。不過，她問了我一句：

「雨、雨、雨野同學？剛、剛才那些話，究竟是……？」

面對她那可說是理所當然的疑問。

我反覆做了幾次深呼吸，設法先取回平常心，然後帶著苦笑回答她：

「我、我說過啦……那是為了『了結』。重要性等同於坦然接受分手，或者在那之上，由我自己想出的『了結』方式。」

「你、你說的『了結』……到底要了結什麼？」

「問我要了結什麼……呃，難道剛才那樣沒有表達出來嗎？」

「咦？剛、剛才……我只覺得……那簡直像在『告白』……」

「對，對啊，就是那樣！」

「……咦？」

天道同學還有周圍的人們都愣住了。

我決定將自己的用意確確實實地重新表達給她。

「天道同學，畢竟我都沒有好好向妳『告白』過吧？」

「「…………啊……」」

一瞬間，所有人都想通似的發出聲音。

我繼續說：

「妳想嘛，我們開始交往的那次契機……就好像彼此有歧見、誤解加上口誤的產物。該怎麼說呢……我一直很介意。不管之後分手會怎樣，我覺得自己還是要好好地告白一次才可以。」

「雨野同學……」

「畢竟不這麼做……我不就沒有臉面對以往認真向妳告白卻遭到拒絕的那些人了嗎……我連一句像樣的告白都沒有說過，還恃著妳的好意，厚臉皮地以男友自居……這是絕對不應該的。」

「「……………」」

「不、不過，以結果來說，沒想到會變成被徹底甩掉以後才大聲示愛，搞不好這是世界上最瞎的告白呢……」

話說到這裡，我搔了搔臉頰才繼續接下去：

「但是……幸好我有講出來，感覺暢快多了。妳想嘛，就跟玩ＲＰＧ遇到完全贏不了的魔王戰一樣。雖然及早死心重來也是一種方式……不過，現在的我還是覺得要全力挑戰一次，在全滅之後回到標題畫面，內心才比較暢快。」

「「……………」」

奇、奇怪，怎麼了啊？都沒有人給我反應……用電玩比喻成了敗筆嗎？

我決定簡短地說完結論就打住。

「呃，就這樣，感謝妳之前與我交往，天道同學！」

我使勁低頭行禮……雖然依舊沒有人回我話……即使如此，還是可以感覺到有比較平穩的氣氛流過眾人之間了。

反正丟臉丟夠了，女朋友也沒了……光是能改善緊繃的氣氛，我所做的事就有意義了，沒錯。

我自己對這樣的結果感到滿足，就羞赧地對大家開口：

「那麼，今天時間也晚了，我們解散吧——」

當我如此提出意見的這一瞬間。

「不，那、那個，等一下，雨野同學。」

「？天道同學？」

臉上仍有紅暈的天道同學忸忸怩怩地走向前。

現場所有人都在觀望她到底有什麼事……於是，天道同學清了清嗓。

她有些害羞似的轉開視線，並且嘀嘀咕咕地告訴我：

「…………我到底什麼時候…………了。」

「……什麼？」

糟糕，連公認最會聽別人自言自語的我都聽不清楚。

實際上，其他人好像也完全聽不見，每個人都朝天道同學靠近一步。

接著，儘管天道同學「唔……」地僵住片刻……

但在下個瞬間……她就像自暴自棄一樣，乾脆用喊的了。

「我、我到底，什麼時候，說過要跟你分手了！」

「「…………………啥？」」

我們幾個都不懂她的意思，疑問的聲音不由得重疊在一起。

當中難得的是，千秋率先向天道同學提出疑問了。

「不不不，天道同學，因、因為妳剛才對景太說『讓這樣的關係結束吧』，對不對？那不就表示你們要分手嗎……」

「～～！不是……那是因為……呃……」

天道同學忸忸怩怩地揪著裙子的一角低下頭。

上原同學頓時「哈哈～～」地露出奸笑。

「我看啊，妳是聽完雨野剛才的告白，就重新迷上他了吧？是吧？」

「不、不是那樣！並不是那樣！我……呃……從一開始……就是抱著那樣的意思……才在這裡……」

心春同學尖銳地打斷她的嘀咕。

「從一開始就抱著那樣的意思？意思是說，妳從一開始就打算原諒雨野學長，和他重修舊好嗎？既然如此，為什麼要講出讓關係結束這種話……？」

「我、我說過不是那樣的！」

天道同學像要脾氣的孩子一樣猛揮手。可是就算她這麼說，在場任何人都無法從這麼支離破碎的資訊理解她的用意。

「嗚嗚……」

只見天道同學的臉越來越紅。她一個人嘟嘟噥噥：「原本不應該在這麼多人面前提的……」然而似乎也已經領悟到不把事情講清楚，現場實在是無法收拾。

天道同學差不多反覆做了三次深呼吸，然後才一點一點地開始說明。

「所、所以說，我……那個……從、從一開始，就決心要跟雨野同學……結束『這樣的關係』……這、這裡說到的『這樣的關係』指的就是……呃……就是……」

「？指的是什麼意思啊？」

我純粹出於疑惑而偏頭問道。

於是……天道同學就梨花帶雨地好像打從心裡覺得不好意思……同時又用雙手遮住自己

的臉龐……然後才總算赤裸裸地把吐露出真心話。

「我是想說，我們差不多該結束這種像『情侶家家酒』一樣的關係……進、進展到下一個階段……呃，意思就是那個……可、可以走到把接、接接、接吻之類的也納入視野的階段了……」

「…………？…………………！」

隨後。

在場臉紅得像水煮章魚而低下頭的年輕人，又多了一個。

＊

有別於當初，結果氣氛變得讓人有另一種意義上的「坐立難安」，我們簡單道別以後，就在現場匆匆解散了……

「「…………」」

我回家的公車路線居然完全和天道同學重疊。而且，除了我們以外沒有其他乘客。

「「………」」

我們坐在車子最後面的座位，中間大約還隔了一個人的空隙……原本只要成雙坐進雙人座就行了，不過目前彼此都沒有餘裕靠得那麼近……話雖如此，以氣氛而言各坐各的又很奇怪，結果就弄成這種情況了。

「「………」」

……在沉默的兩人之間，只有公車的空轉聲迴盪著……沒想到我的人生在這短短幾個小時之內，「尷尬狀況」排行榜首位就再次刷新了。

何況這不是氣氛險惡造成的尷尬……雙方都懷有好感而導致的尷尬實在太新奇，讓我不知道該怎麼辦才好，胸口和肚子都癢得受不了。

「（而且，公車還遲遲不發車……！）」

無論是我或天道同學，家都在可以從這裡走回去的距離。換句話說，搭公車不用多少時間。只是時間晚了，才會選擇搭公車。

然而提到這班公車，不知道是為了調整發車時刻還什麼來著，一點也沒有要出發的動靜。話說我現在才注意到，司機先生根本就下了車，正在跟其他公車的司機談笑嘛。說真的，這輛車到底什麼時候才要出發啊？

「「………」」

但是像這樣保持緘默實在很難受。我設法鼓起勇氣，將自己的幽默感發揮到極限，然後找天道同學講話。

「……道別後馬上又碰面，會覺得尷尬耶。」

「是、是啊。會尷尬呢。」

「對、對呀，會尷尬嘛。」

「…………」

「…………」

糟糕，這樣只是互相做尷尬宣言而已。反而更尷尬了。我的閒聊能力出了什麼問題啊？我對自己這個人徹底感到心涼。

「唉……」

我大聲嘆氣並垂下肩膀。於是在這個瞬間，旁邊就冒出了嘻嘻的笑聲。轉眼看去，露出笑容的天道同學正看著我。

「雨野同學，好不可思議喔，你一直都是雨野同學呢。」

「咦？這是什麼意思？我沒有被誇獎的感覺耶……」

「啊，不要緊喔，實際上我並沒有在誇獎你。」

「唔！」

「不過，我也沒有損你就是了。」

天道同學說著便開朗地笑出來……雖然我搞不太懂，總之氣氛確實是鬆綁了。

我一面安心地捂了捂胸口，一面重新面對她。

「呃，對不起，天道同學。關於妳對我的心意……連我都覺得自己只做得出一些怪模怪樣的反應……」

我賠罪以後，天道同學又笑著回話：

「不會，雨野同學，你不是從一開始就那個樣嗎？像我邀你參加電玩社時，你也非常怪模怪樣。」

「啊，當時我果然也被這樣認為喔。」

想想也是，不過打擊挺大的。印象中，當時天道同學是帶著天使般的笑臉包容我……唉，現在回想起來，那種笑容和應對方式活脫脫就是「客套版天道同學」。

我一沮喪，天道同學就把身體稍微挪了過來。

「不過，對我來說正面印象還滿強的喔，你那種豁盡心力的調調。」

「呵、呵呵，聽妳這麼說真是……」

「我想應該是好印象『9』：噁心『1』的比例。」

「啊，妳有感覺到一絲絲噁心喔。」

我立刻擺回正經臉孔。怎麼回事啊，明明都說有九成好印象了，完全贏過一成的噁心啊。噁心這個詞的破壞力不可小覷。

天道同學看到我這樣，又開心似的笑了…………嗯，能看到這種反應，幸好我噁心。

在我想著這些蠢念頭時，公車司機終於回來了。他一邊關門一邊廣播即將發車。

公車緩緩駛過車站圓環。我們倆茫然望著景色，繁華鬧區的燈光流過窗外。

發車以後，能單獨相處的時間就不太多。剛才明明還那麼尷尬，現在卻令人對時間十分捨不得。

「我家是在下下一站。」

「這樣啊。很快就到了耶。」

「是啊。好快呢。」

「…………」

「…………」

車裡響起廣播下一個停靠站的人工語音……過了這站以後……下一站，就是天道同學下車的地方。

「「…………」」

即使我明白該說些什麼才行，也不知道說什麼才好。

被女朋友說「希望關係更進一步」，著實令人高興，可以說是男人的福氣。我都懷疑是不是自己在妄想了。

然而，這是不折不扣的現實。而且正因如此……我不能只顧著陶醉。不，倒不如說……

「（我……該怎麼辦……）」

未來突然朝意外的方向拓展，對此，我只感到困惑而已。

「（我要怎麼做，對天道同學來說才是最幸福的呢……等等，不對不對，現在的問題不是她想怎麼樣，而是我想怎麼樣吧？既然她都把話說到那個分上了，往後我就算強硬一點……強硬一點……不不不，如果搞砸了，那會對她的心造成無法彌補的傷害！呃，可是就算這樣，保持草食性男生畏畏縮縮的態度好像也不對……）」

完全想不出答案……我明明好喜歡天道同學耶。正因為好喜歡她，我什麼都決定不了。

這跟電玩不同，我根本無法用「失敗也無所謂」、「拚個頭破血流吧」的方式來思考。

可是，我也明白這樣不行。

在我煩惱的期間，車內廣播出下一個停靠站。天道同學按了下車鈕。

……不行。我絕對不能再跟往常一樣，一直優柔寡斷。

我拉近跟天道同學之間的距離，然後擠出勇氣，緊緊握住她擱在腿上的手。

天道同學的眼睛閃爍著。我滿臉通紅地直直望著她，只管將沒有整理好的心意說出口。

「呃，那個，天道同學！我也希望，可以和妳更進一步……！不過，呃，可是我不曉得該怎麼做，對妳來說才是最好的——」

當我說到這裡時。

天道同學悄悄地將她的食指湊到我的嘴唇，制止我再說下去。

「雨野同學，你這樣好噁心喔。」

「…………」

「雖然我對你的喜歡比那多更多。」

「…………」

天道同學輕輕微笑。她那副模樣使我心裡原本充斥的焦躁消失了，相對的，安穩又暢快的心動感回來了。

她的手指依然放在我的嘴唇上，並且害羞似的微笑。

「坦白跟你說，直到上一刻，我心裡也都亂糟糟的。以後要怎麼辦才好呢？我完全想不出答案。可是……看到你這麼著急，我好像就想通了。」

如此說著的天道同學微笑以後，把手指從我的嘴唇上移開。

於是在下一瞬間——她把那根食指湊到自己的嘴唇上，顯露出含羞之美。

「以後，我們兩個就一起煩惱，一起小鹿亂撞地找出那個答案吧。」

「…………好的……」

感覺實在太過「幸福」，我忍不住茫然地做出答覆。

這時候，公車開始慢慢減速。天道同學拿了書包站起來，對我揮揮手說：「掰嘍，雨野同學。」

「啊，好的……再見……」

至於我，則是依舊茫茫然地揮手回應。接著在公車完全停下時，天道同學走向車門——

——不過，途中她帶著似乎想起了什麼事的調調，回頭告訴我：

「啊，對了對了。請你近期內務必要來我的房間玩，雨野同學。讓我們的關係更進一步吧。」

「啊，好的，我很樂意。」

「那就掰掰嘍。」

「好的，掰掰。」

我穩妥地淡然回覆，然後揮手，看著天道同學下車，接著又從開動的公車窗口朝她揮手道別。

隨後……我只是茫茫然地任由公車晃了三分鐘。

「…………………………………………………………………………………………啥！」

我突然大叫的同時站了起來。司機先生嚇得肩膀打顫。

我立刻向司機先生賠罪，然後重新坐回座位。

緊接著……我無力地垂下頭，自言自語地嘀咕：

「……就、就算要更進一步，速度會不會太快了啊，天道同學……」

——結果，那一天我不小心多坐了十站左右才下車。

✖雨野景太與天道花憐與完全勝利

日落時刻已經變早，開始讓人想念肌膚溫暖的秋天某日。

目前，在昏暗的高中女生房間裡……迴盪著情侶粗魯的呼吸聲。

「……嗯……啊……雨野同學……偶爾……由你在上面嘛……」

「唔……天道同學……可、可是只要妳舒服，我就心滿意足了……」

「不行……雨野同學……我……我想看你的男子氣概……」

她那發熱而染成淡淡櫻花色的臉龐，還有盪漾著淚光的央求眼神。

「天、天道同學！」

女方都這樣了，男人不可能默不作聲！

我從床上起身，然後改換姿勢，重新凝望天道同學澄澈的藍眼睛。

「天道同學……我、我要上嘍。」

「嗯，來吧，雨野同學……讓我……讓我更加亢奮！」

「天道同學！」

「雨、雨野同學！一、一開始就那麼猛烈的話，我、我會……！」
「不、不行了，天道同學！我已經克制不住自己……！」
「啊啊，雨野同學！雨野同學！再這樣下去……再這樣下去我就……！」
天道同學的急促呼吸聲開始流露出興奮與惆悵。
於是在下一瞬間——昏暗的房間裡響遍了她的嬌喘！
「這樣下去，我——我又要……！唔，像這樣連續這麼多次……啊啊！」
「唔，唔哇，天道同學，怎麼會，妳好厲害，啊……啊啊啊啊啊啊啊啊啊啊！」
年輕男女的叫聲響遍房間。
就這樣，當兩人激動的情緒達到最高潮時——
〈FINISH！〉
——畫面播出了對戰格鬥遊戲毫不留情地告知勝負已分的語音。而且……
〈1P WIN！〉〈PERFECT！〉
由2P的我來看，畫面上又補了只覺得更慘的資訊……為什麼這款格鬥遊戲要特地明說這一點呢？我的角色慘兮兮地倒在畫面角落，天道同學的角色擺出勝利姿勢，而且她的角色體力表只有漂亮的清一色。光是這一幕就足以告知玩家結果了吧？
「呼……呼……」

我穿著制服……坐在她房間的床上，手裡還握著無線控制器，燃燒殆盡地茫然望著陌生的天花板。

秋天某日的放學後。我，雨野景太，第一次來到女朋友的房間……如各位所見，正穿著制服埋首於格鬥遊戲的「對戰」……不，「敗戰」才對。

身旁的天道同學同樣坐在床上，還一邊大聲嘆氣一邊斜眼朝我瞪過來。

「……我對你好失望，雨野同學。」

「唔……！」

平時她明明對「喜歡電玩卻只有三腳貓功夫的雨野景太」有所諒解，可是在一再輸過頭的今天就真的言詞辛辣了。

我用汗濕的手操作控制器，將遊戲切到角色選擇畫面，並且不看天道同學的眼睛試著找藉口。

「沒、沒有啦，妳想嘛，格鬥遊戲是連職業好手來玩勝率都不太穩定的世界……」

「不會喔，才剛驚天動地連輸二十場的你，某方面來說勝率是相當穩定的。」

「……唉，跟事先練熟的人玩，就算是職業好手也會落於下風——」

「剛才我也講過，這款遊戲，我幾乎是頭一次接觸……」

「…………」

「再說，帶這款遊戲軟體來的你，熟悉程度應該遠勝於我——」

「呃，不、不過要說的話，我屬於在戰鬥中逐漸成長那一型，只要再多打幾場……」

「不對喔，我們起初還平分秋色，現在已經變成完全比賽，從這種慘狀來看，我的成長速度遠遠比你快，簡單說就是追過你了……」

「…………」

「…………」

沉默降臨於兩人之間。角色選擇畫面的輕快配樂流過背後反而令人難受。

我深深地嘆息以後，將目光悄悄轉向房間一角……然後嘁嘴嘀咕：

「…………笨天道同學～～」

「你是小孩子嗎！」

天道同學奮然起身。我也跟著站起來，直接與她展開口角。

「我、我第一次被邀來女朋友家裡，妳卻毫不客氣地將處在緊張雀躍狀態的男朋友連續慘電二十場，我才不想被妳說是小孩子！」

「你很明白我本來就是這種玩家吧！獅子搏兔也會用盡全力的！」

「明、明白歸明白啊！我明白妳的個性，既然這樣……就請妳不要對我提出『希望雨野同學（的戰績排行）偶爾能在上面』的要求！」

她本人大概不曉得，老實說那種拜託方式有股相當濃的桃色氣息。

這時候，天道同學的雙頰泛上櫻花色，又對我散發出那種氣息。

「還、還不是因為，每次都是我（的戰績排行）在上面……都是我（玩遊戲）覺得舒服……雨野同學，所以我才會希望，偶爾你也能隨意玩弄我（操縱的角色）的身體……」

被她拖下水的我也跟著用那種調調吐槽。

「話是這麼說，天道同學，妳每次都卯足了勁在弄我耶！」

「……因為……我會心癢啊……身體按捺不住就……」

「既然妳想求我玩弄妳（操縱的角色），就應該表現出相應的態度！」

「雨野同學……難道……你要我用嘴巴（誇獎你的實力）……？」

「哎，我是不會勉強啦，但妳身為女朋友好歹要付出一下吧？」

「唔……！」

我笑得賊頭賊腦，金髮藍眼的女子則露出有如姬騎士受俘於獸人的屈辱表情。

坦白講……我們兩個早就察覺到彼此講話怪怪的，卻又起了一點惡搞的玩心才會弄成這樣。

「喀鏘！」

……隨後，門外傳來了陶器打破的響亮聲音。

＊

「…………天道同學，老實說……這是我幾年以來最沮喪的一次。」

「好巧喔，雨野同學，我也是……」

我們兩個垂頭喪氣地走在夜路上。傍晚六點半。秋季的北方大地日落較早，周圍已經一片漆黑，但因為時段的關係，行人仍舊眾多。

我和天道同學一邊並肩走著一邊深深嘆息。即使在黑暗中也看得出白茫氣息飄散開來。

「（雖然說……經過解釋以後，天道同學的媽媽似乎理解情形了…………唉。）」

就算誤會解開，身為女兒的男朋友在初次見面就闖禍的事實也不會消失。

天道同學在旁也吐出了不輸給我的大口白色氣息。

「要說嘛……假如像平常那樣，只是單純出於誤會或歧見的烏龍也就罷了……後來我們有一點自己要胡鬧的調調，感覺就更加沮喪了，這次的事情。」

「是的……不習慣的事就不該亂嘗試。真的要反省。啊，打破的杯子之後我會賠——」

「啊，不用啦。畢竟我和擅自偷聽的媽媽全都有責任。要是讓你來賠，我媽媽反而也會覺得困擾。」

「是嗎……？」

能聽到她這樣說，實在謝天謝地。我安心地捂胸並嘀咕：

「不過，這次伯父不在家，或許是不幸中的大幸吧。」

「對啊。雖然我爸爸並不好鬥……但他是在各方面都性情激烈的人。」

「是、是喔，在各方面都性情激烈……？」

這、這是什麼意思？我想像將來要見女朋友的爸爸那一天，身體就打了冷顫。

於是，天道同學體貼我似的換了話題。

「對了對了，對不起喔，雨野同學。我還任性地要求送你到公車站。」

「咦？啊，對、對呀。天道同學，想到超可愛的妳送我過去以後，還要獨自從公車站走夜路回家，原本我身為男朋友是打算堅持拒絕的……」

我說到這裡停了一拍，然後對她微笑。

「不過，妳有話想單獨跟我談，對不對？」

「……答對了。」

天道同學對我回以燦然微笑。我環顧四周後，又繼續說：

「嗯……既然如此，我今天是可以允許妳這樣……」

「只有今天？那我平常不能在晚上出門嘍？」

「這個嘛……唔～～……有這麼多行人和燈光，我勉強可以接受。但、但是，晚上八點以……不，妳在晚上七點半以後就不可以獨自外出了！無論如何都想出門走動時，請妳叫我過來！我會立刻趕到！」

我拚命補充說明以後，天道同學就嘻嘻笑了。然後，她還有些害羞地帶著使壞似的表情回答我：

「是～我明白了……親、愛、的。」

「————」

……………………………哎呀，好險，身為凡夫俗子的我剛才差點成佛了。

「（總覺得我對人生真的已經滿足了，但是死在這裡會造成困擾，不得已嘍……）」

為了把靈魂留在身體裡，我拍了拍自己的臉頰，而天道同學自己說完好像也覺得有點不好意思，就咳了幾聲清嗓。

接著，她像是要粉飾什麼一樣換了話題。

「呃，那、那麼，關於我想單獨跟你談的事情……」

「對、對喔，妳有事要談！什、什麼事情呢？」

我們倆都還有點小鹿亂撞，卻還是轉到新的話題。

「呃，下星期我的生日就到了……雨野同學，之前你不是問過我想要什麼樣的禮物嗎？關於這一點，我最近一直在想……」

「啊，是的！請、請妳儘管說！我會用全力準備！」

我挺直背脊如此宣言……繭居落單族要送女朋友禮物，就已經相當緊張了，何況我個人最近才錯過某個熟人的生日而覺得內疚，因此，目前我對天道同學的生日燃起了非比尋常的鬥志。

天道同學對我帶勁的模樣微笑，繼續說：

「雨野同學……可以的話，我希望被你推倒。」

「————啥？」

我好像聽到不得了的發言，不由得就停下腳步。而天道同學……又有些壞心眼似的嘻嘻笑了。

「對不起，剛才我那樣講完全是故意的。」

「……我還以為心臟要停了。」

一瞬間，我慌得腦子裡閃過了足以令人聯想到日○咖哩泡飯廣告的奇怪畫面。

天道同學繼續告訴我：

「正確來說，應該是……我希望『被你打倒』。」

「……啊……妳是指用電玩對戰嗎？」

我一臉安心地回話以後，天道同學就露出了好像有些過意不去的表情。

「對不起喔。我當然明白啊，關於你面對電玩的態度，還有跟我之間的實力差距。可是……真不可思議呢，平常我玩電玩明明就那麼執著於勝利……不過面對你，有的時候，我卻巴不得自己輸喔。」

「……這樣啊。」

「話雖如此，我並不是想故意放水給你面子……該怎麼說呢？我希望在認真的情況下，對你輸得心服口服……也許我單純是想見識一下你厲害的地方或男子氣概，才會有這種念頭吧……哎，我在說些什麼呢？呃，對不起，感覺我講話真的很任性呢。」

「……不……完全不會……」

當我因為自己的不爭氣而低下頭時，天道同學便看似慌張地幫忙打起圓場。

「呃～～啊，對了，雨野同學，我想你還是挑文具當生日禮物送我好了，沒錯！你、你想嘛，這樣我在課堂上也可以看著傻笑啊。嗯，這真是好主意！真的只要便宜的東西就可以了，雨野同學，能不能麻煩你呢？」

「天道同學……」

我想對她表達些什麼，卻無法開口把話接下去。結果在我蘑菇的時候，我們就抵達公車站了。

同時間剛好抵達的公車靠站停下，並將車體中間的門打開。在這裡要上車的乘客只有我一個，因此不能拖拖拉拉。

「掰嘍，雨野同學。」

「咦？好、好的，那就掰嘍，天道同學……」

儘管我心裡懷著疙瘩，還是搭上公車，同時車門立刻關閉。我坐到車門附近的座位後，隨即從窗口朝天道同學揮了手。天道同學帶著笑容揮手回應我……不過，公車開動以後，她馬上就從我的視野中消失了。

「…………唉。」

我沉沉地在位子上重新坐穩，然後忍不住發出嘆息。

緊接著……我朝自己之前曾在她家握過遊戲控制器的這雙手凝望了十幾秒。

「…………拚看看吧。」

我，雨野景太，生來第一次在人生中下定了要認真鑽研電玩的決心。

＊

「所以嘍，上原同學，請你從頭指導我格鬥遊戲的基礎。」

「啥？」

隔天放學後，我立刻找了為數不多的朋友之一上原祐同學求教，他就露骨地冒出了納悶的表情。

他暫且擱下我，像個現充接連不斷地跟班上熟人道別。在那之後，他短吁一聲拿起書包，順勢對我擺出了客套的笑容。

「掰，雨野。明天見！」

「不要若無其事地溜掉啦，上原同學！你是什麼意思！」

「那是我要說的台詞！你明知道自己技術有多遜，還拿那種麻煩到極點又會累積壓力的事情拜託我嗎！」

「我、我不會白白要你幫啦！我會把手遊的招待碼傳給你當謝禮！」

「誰需要！還有你講得像是要給我報酬，結果賺到的只有你嘛！」

「不、不然，我再送你十張可以跟我玩的『電玩對戰券』！」

「就跟你說不要了！你怎麼會用送人『搥背券』的調調提議啊！而且到最後有好處的還是只有你嘛！」

「現在答應還附送桐木五斗櫃！」

「不需要！不過關於那玩意兒，我倒是好奇你要從哪裡弄來！」

「唔……居然還想繼續剝削我……上原同學，你好狠心！」

「哪有什麼剝不剝削，我根本連一樣東西都還沒跟你拿吧！是你單方面想進貢而已！」

「……感覺那好像勒索慣犯的說詞耶，上原同學……」

「你那是什麼威脅方式！呃……」

驀然環顧四周，就發現班上同學們正看著我們兩個，還竊竊私語。

上原同學驚呼：「唔……」然後大大地嘆了一口氣……緊接著，他終於讓步了。

「……知道了啦。總之……今天我就陪你到電玩中心練一練。」

「哇，謝謝你，上原同學！你果然靠得住耶，沒錯！」

「……最近，我實在無法不把你看成披著純真外皮的惡魔耶……」

上原同學好像發了些牢騷，但我輕鬆忽略掉那些，立刻就抓著他的手臂朝電玩中心出發了。

「我服了。真的，拜託你放過我吧，雨野大大。」

「受不了……上原同學，你真沒用耶。」

從我在電玩中心跟他玩一次五十圓的年代有點久遠的冷門對戰格鬥遊戲算起，過了約三十分鐘。

上原同學在對面的機台前無力地垂著頭，我便坦蕩蕩地挺胸，還交抱雙臂對他放話。

「才打了十場——每一場都壓倒性地贏過我，你居然就屈服了，真沒用！」

「未免太沒手感了，這樣打起來真的超無聊啦啊啊啊啊啊啊啊啊啊啊啊啊啊啊！」

上原同學從對面機台探頭看向我這邊，彷彿隨時都要流出血淚地對我傾訴。

我無視於倒在畫面中的我方角色，無奈地搖了搖頭。

「究竟要到什麼時候，我才能變強呢，上原師父？」

「你為什麼還一副威風的樣子！算我求你，多少有點長進。怎麼有人越打反而變越弱啊啊啊啊啊……」

「恐怕是因為我面對格鬥遊戲的熱忱從一開始就封頂了吧。接下來只會越來越膩，越來越沒勁。坦白講，我現在就有點睏。」

「上進心！你想讓電玩技術進步吧！想進步就多拿出一些學習的態度啊！」

「沒禮貌。我也有用我的方式學習啊！你看嘛，以這次來講……我就學到了不做多餘抵抗就可以早點讓自己痛快的道理！」

「那是打格鬥遊戲最不該悟出的一點！在任何領域，最重要的都是懷著不死心、永不放棄的精神，無論漫畫或動畫都會再三強調這一點吧！」

「可是，像王〇天下裡的小兵，在談那種精神論以前都不用兩三下就死了吧？我，雨野景太的本領，基本上比那些小兵還不如，麻煩你要有這樣的認知！要我單槍匹馬宰掉像天道同學或你這樣的武將級人物，可能性萬中無一！」

「那我就沒有什麼能教你的了！你絕對不會變強啦！」

「通、通融一下，上原師父……聽說這個世界有名叫『主角外掛』的作弊要素不是嗎？能不能想點辦法……把那個也分一點給我？」

「做法太卑劣了吧！話說我也沒有那種玩意兒啦！」

「是喔？什麼嘛，早知道不找你，從一開始就應該拜託最具主角風範的三角同學了……真是失敗。」

「讓朋友陪你折騰了三十分鐘還嫌失敗是怎樣！」

「啊，那麼上原師父，３Ｑ嘍～～」

「你這種行徑真的是逼人跟你絕交耶！懂嗎！」

當上原同學大吼大叫時，我忽然感覺到背後有人的動靜。

「哎呀，不好意思。」

遊戲再冷門，耗了三十分鐘總會有一個想玩的客人過來。我原本就決定有人來要立刻讓位，便連忙匆匆起身，把位子讓給那個人。不過，那個人遲遲沒有坐到空位的動靜。何止如此，對方的視線似乎還盯著退到一邊的我。

「？」

直到此時，我才總算把目光轉向那個人的臉……接著，我發現那是張熟面孔。

「大、大磯學姊？」

依舊帶著一絲慵懶氣質的美女玩家學姊就站在那裡。她把手插在穿得邋邋遢遢的制服口袋，面無表情地大聲嚼著泡泡糖。

「果然是你，雨野景太。辛苦啦～」

「學、學姊辛苦了……」

遲疑的我仍對大磯學姊打了招呼，於是坐在對面座位的上原同學也注意到她，就一邊應付電腦操控的對手一邊打招呼。

「啊，新那學姊，辛苦了。」

「冒牌梅原，辛苦啦～」

兩人簡單地打了招呼……聽說他們是在我不知不覺間認識彼此的，不過，總覺得這兩個

人比我想的還要親暱……唔～

然而，現在不是驗證這些的時候。我吞了一口口水，然後對這位坦白講還不算「親近」的學姊用力懇求。

「那、那個，大磯學姊！我有事情想要拜託身為格鬥遊戲行家的妳！」

「？拜託我？你嗎？雨野景太？」

學姊難得將眼睛睜大發愣。實際上，我跟學姊的關係到底只是「認得彼此」，彼此的距離完全不像平時可以有事相託。

忙著跟電腦對戰的上原同學還插嘴提醒：「白痴，憑你這種水準怎麼可以拖新那學姊淌這種渾水……！」

但即使如此，我還是鼓起勇氣開口了。

「呃，希望學姊能教我讓格鬥遊戲技術進步的訣竅！」

「訣竅？要進步，那就只能多練習啊。」

學姊講話直截了當，不過正因如此，再沒有比這更有說服力的真理。當上原同學傻眼地嘀咕：「不就跟你說了嗎……」我……我就顧不得羞恥或顏面，用力低頭拜託學姊。

「拜託學姊通融一下！要用祕技或什麼都可以，請教我能贏的訣竅！」

我一說出這種丟人的心願，現場就竄過緊繃尖銳的氣氛。還不只身為格鬥遊戲行家的新那學姊……如今連上原同學都一陣陣地表達出對我真的不耐煩了。

原本就懦弱的我嚥下口水，學姊便用有些帶刺的語氣提出警告：

「我最討厭的，就是那種只想著要找『捷徑』的態度，你應該曉得吧——」

「我曉得！」

不過，我打斷她喊了出來。當兩個人都有點訝異時……我緊緊握起拳頭，望著電玩中心那黏著泡泡糖的地板……儘管快要屈服於羞恥心，我還是講出了自己任性又傲慢的心願。

「即使如此，這次我不管怎樣……不管怎樣都要在一個星期內『贏過天道同學』才行！而且我也明白，只用普通方式為此努力一個星期是沒有用的……！」

「「…………」」

我緊緊握住拳頭。這種態度簡直差勁得快要激出自己的眼淚了。然而……！

「就算是我，也知道在追求電玩技術進步時，只會依靠外掛或祕技的態度是最差勁的！所以你們兩位大可瞧不起我！可是……明知如此，我還是要忍著羞恥求你們！請教我走『捷徑』！拜託你們了！」

「…………」「……雨野……」

大磯學姊和上原同學都用難以區分是鄙視或同情的嚴肅氣息望著我。

於是，沉默大概維持了十秒左右。

大磯學姊嘀嘀咕咕地幫這個局面做了總結。

「……雨野景太這種最弱最糟糕的角色，想走後門打贏天道花憐那種超級天才型的高性能強角啊……」

「…………」

「……把臉抬起來，雨野景太。」

被大磯學姊如此催促，我戰戰兢兢地……做好要面對最嚴厲鄙視的心理準備抬起臉。

於是，在我眼前——

「那好像超有趣的嘛，務必讓我參一腳。」

——是大磯學姊一臉無邪地像個少年在盤算要如何惡作劇的身影。

*

一星期後，天道同學生日當天。

「真的要嗎……？雨野同學。」

在天道同學的房間裡，她和一星期前同樣坐在床上，卻看似不安地往上瞟著我。

相對的，我帶著滿懷決心的眼神點點頭回答她：

「當然嘍。為了這樣做，學不乖的我才會厚著臉皮再次來妳家打擾。」

「來我家是沒關係……不過……」

天道同學這麼說著瞥向擺在桌上的東西。那是造型仿照奇幻ＲＰＧ會出現的劍所設計的別緻拆信刀。

「看嘛，你已經送了這麼棒的生日禮物給我，也不用急著就要……」

「不，請讓我這麼做。拜託妳，天道同學。」

「何、何必這樣對我低頭……！我、我明白了啦！」

天道同學如此回答後，連忙——重新握起遊戲控制器。我對她微微一笑，她就對我回以有些複雜的笑容。

「（唉，要說的話……生日活動好不容易可以在美好的氣氛中結束，她當然不想特地用遊戲痛宰弱雞男朋友嘛……）」

我深切明白天道同學現在不願用格鬥遊戲對戰的理由。

但是……我也同樣退縮不得。畢竟在這一個星期內……我瞞著她，拚死命地一路走過了「捷徑」！

「（如今這場勝負也加入了上原同學和大磯學姊的心意……！如果我以在場的現充情侶氣氛為優先，連對戰都不顧，就沒有臉面對他們！）」

老實說，我知道天道同學正強烈散發出「我交的這個男朋友為什麼在這種氣氛下還堅持要對戰呢……」的調調……但、但是我不介意！我說要打就是要打！雖然要是指導我戀愛的亞玖璃同學在場，大概會數落我：「雨雨，你就是有這種毛病！」即使如此，我還是要打！

我在等待遊戲讀取的期間，頗為興奮地嚷嚷：

「天道同學，在今天這個值得紀念的日子，我絕對要跟妳來一場！」

「用詞！雨野同學，你這次是故意的嗎！」

「咦，故意什麼？」

「哎呀，居然是自然本色，這樣反而更惡質了！跟你說，我媽媽今天也在家喔！」

「沒有關係。就算當著伯母面前，今天我偏要跟妳來一場。」

「你一臉男子氣概在胡說些什麼啊！」

「我只是在講格鬥遊戲啊。」

「應該也是！雖然我也深深明白就是了！」

天道同學似乎吐槽累了，現在正喘不過氣…………很好。

「（感覺有耗掉她的專注力！）」

上原師父直傳的場外戰術〈撼動話術〉好像奏效了。照上原同學所說：「你用的話術，有極高機率會讓天道心慌意亂，應該能明顯削弱她在場上的表現。」……老實講，我心裡不太明瞭這有什麼道理，但這次似乎是順利得逞了。

「……唉，真受不了……」

天道同學一邊埋怨一邊看向畫面。目前顯示在上面的是角色選擇畫面。

我默默觀望，天道同學就「呃～～……」地表現出有些猶疑的舉動。平時她都會使用自己「練過的角色」，但是跟我對戰時，就會當成讓步兼練習而使用各種不同的角色。

因此，今天她同樣沒有什麼特殊理由就想選主角定位的格鬥家角色。不過，這時候我若無其事地──實際上則帶有相當濃厚的「施壓」意味，對她提出建議了。

「選E．本鄉就可以了吧。」

「咦？」

天道同學一臉不解地回頭看我。好可愛。我對她投以柔柔的微笑，然後再次告訴她：

「我覺得妳選E．本鄉比較好耶。妳看，這個相撲選手很帥氣啊。」

「咦？不，與、與其選相撲選手，我今天比較想用動作輕快點的角色……」

「E．本鄉的身手實在輕快得當相撲選手都可惜耶！」

「雨野同學？你為什麼要大力推薦E．本鄉啊！有什麼目的嗎！」

「我哪有什麼目的？沒、沒那種事啦。只不過，天道同學……妳看嘛，我覺得相撲選手跟妳很配啊。」

「你這樣對女性說話得體嗎！」

「我倒想問，妳那樣吐槽對Ｅ．本鄉先生得體嗎！」

「什麼奇怪的反駁啊！……老實說我覺得有點煩躁了，我還是決定貫徹初衷，選格鬥家角色跟你打！」

天道同學毫不留情地朝格鬥家角色按下決定鈕。但是，我還沒有決定角色，因此還沒有拍板定案……我又一次把笑容朝向她。

「……要、要換嗎～？」

「『要換嗎』？不不不，我真的就用這個角色——」

「…………」

「唔……這、這個男朋友凝望的眼神太水亮動人，更重要的是太可憐了吧！知、知道了啦，我知道了！我選Ｅ．本鄉！」

天道同學終於退讓選了Ｅ．本鄉，然後按下決定鈕。

在這個瞬間……我忍不住奮然握起拳頭！

「ＹＥＳ！」

「『YES』?欸，雨野同學，這顯然是你在拐我——」

「♪～♪～」（喀嘰喀嘰喀嘰喀嘰！）

「等等，雨野同學？你一邊哼歌一邊就迅速選了性能可說是『E．本鄉殺手』的角色來剋我，還直接開始遊戲了！」

「天道同學……今天我們堂堂正正地打一場吧！」

「你有臉說那種話喔！」

天道同學為之愕然。可是……我管不了那麼多！要在一個星期內贏過妳，我不做到這種地步就不行！

我回想起大約一星期前從大磯學姊那裡聽到的話。

「說穿了，在格鬥遊戲裡角色性能與相互剋制的成分占很大比重。顛覆這一環當然也大有浪漫要素在裡面。既然這次玩家本身是最弱的，就要充分利用這一點才行。換句話說……你要讓天道用她完全沒練過，而且以遊戲整體平衡來說也偏弱勢的角色。此外，你還要掌握可以專門剋制她，性能又頗高的角色！」

是的，這正是大磯師父直傳的抄捷徑戰術，我命名為〈取巧的剋星威能〉！

……………咦？沒有啦，這樣是合法的喔，完全合法。要講禮儀？這、這個嘛……我是格鬥遊戲初學者兼弱雞，所以不懂那麼多～

就這樣，對戰立刻開始。

我用的角色……美國軍人凱努很快就跟對手拉開距離，連續發動遠距離攻擊。天道同學用的相撲選手角色擅長近身肉搏，自然就被迫落於守勢。話雖如此，她也不是沒有對抗的手段。

「唔……那就用這招！」

Ｅ．本鄉朝敵方高高一跳，使出用龐大身軀重壓對手的招式。這是根據以往的系列作做過調整，才補給他對抗遠距離攻擊的招式。用這招可以躲過攻擊，同時又能從空中一口氣拉近距離。

不過，對此我的因應方式是……

「喝啊！」

「什——」

我用凱努極優秀的對空招式應戰，將本鄉踢回去了。

天道同學一臉訝異地問：

「剛、剛才那是怎麼回事？臨機應變跟高手級的指令輸入技巧，一點都不像你！」

「呵呵呵……當然了，天道同學。畢竟我在這一個星期裡……」

我一邊在畫面上再次使出遠距離攻擊……一邊奸笑！

「這一個星期裡，我都『只有』努力練習『用凱努搞死E・本鄉』而已！」

「你根本是確信犯嘛啊啊啊啊啊啊啊啊啊啊啊啊啊啊啊啊！」

天道同學大叫。我將頭髮輕輕一撥，再次用凱努的對空招式應付本鄉並且咕噥：

「天道同學……妳用『確信犯』這個詞，屬於誤用喔。」

「我的男朋友目前煩人到極點！」

她露骨地發火，比賽時的表現有欠精彩……看來上原同學直傳的場外戰術再度成功了。

我冷靜地予以應付，於是……

〈2P WIN！〉

聽完結果發表，沉默的時間短暫充斥於我們之間。

於是，在等待下一回合開始時，天道同學斜眼狠狠瞪向我。

「雨野同學……以前你玩遊戲還會打從心裡憎恨切斷連線之類違反禮儀的行為，你那種良好的觀念到底到哪裡去了？」

「真沒禮貌耶，天道同學，那樣的我當然也還在啊，就在我心裡。」

「雨、雨野同學……對、對喔，我真是的，對不起——」

「————和美好回憶一同存在於我的心裡。」

「完全變成故人了對不對！」

於是，第二回合在天道同學吐槽的同時開打。剛才那些對話又讓天道同學氣呼呼的，她的動向還是相當好預測，體力計量表在我的遠距離&對空招式下逐漸被削減。

天道同學越來越煩躁。即使如此，我還是完全不鬆懈。

就這樣，等到回神以後，居然……

〈FINISH！〉

「「啊。」」

我跟天道同學愣住的聲音重疊在一起。因為結果是……

〈2P WIN！〉

……我贏得理所當然，除此之外……

〈PERFECT！〉

——沒想到我居然一下都沒被打中，達成完全比賽了。

「「…………」」

壓倒性的沉默降臨於房間。

轉眼看去，天道同學低著頭，肩膀瑟瑟發抖。

而我……溫柔地將手輕輕擺到她的肩膀上，對她開口了。

「天道同學……怎麼樣？這個由我戰勝妳的生日驚喜……有讓妳……感到高興嗎？」

「雨野同學……」

她緩緩地抬起臉，用含有淚光的眼睛望著我。

我們的視線熱情交纏，濃密的情緒洪流席捲了兩人之間。

於是，過了幾秒鐘以後。

天道同學擦掉眼淚，直直地看向我……然後，她帶著滿面笑容對我說了那句話。

「老實說，我要的不是這樣耶。」

「我想也是。」

說實話，我在練習階段也就隱約感覺到這一點了！當著兩位教得起勁的師父面前，我有話也說不出來！

「「…………唉。」」

我們倆都在床上大大地嘆了氣。

＊

「不過雨野同學，你剛才的行動真的很討厭耶。太不像你的風格，都嚇到我了。」

我灰心地開始準備回家，仍然坐在床上的天道同學就對我嘻嘻笑了。

我聳了聳肩回答她：

「那當然啦。這一個星期我連睡覺都捨不得，盡是在練那套戰法……呼啊。」

重頭戲結束後，睏意頓時朝我撲來。我為了趕跑睏意，就「嗯！」地把手往前伸。

「啊。」天道同學發出了像是察覺到什麼的聲音。

「雨野同學，你的手……」

「咦？啊……很不好意思呢。」

我看著自己左手拇指微微隆起的繭，露出了苦笑。

「考慮到對戰環境和自己的技術，這一個星期以來，我一直用十字鍵在練習……就練出這輩子第一次長的電玩繭了。」

「原來……是這樣啊……」

當天道同學露出傻眼的模樣時，我又繼續搔起腦袋。

「總覺得……練習卑鄙手段練到長繭，真的好遜，又很對不起妳。就是嘛，回想起來，妳說希望我能贏過妳……並不是像這樣不擇手段，而是出於『想看我展現男子氣概』的想法……我完全……搞錯重點了呢……」

我用力嘆氣後無精打采地消沉下來……唔～究竟是從哪裡走偏了呢？到我奮發要戰勝她為止應該都還不錯的……

「（啊，敗因就是我沒有跟上原同學與大磯學姊好好說明「自己為什麼想贏」嗎！）」

結束後再重新審視，似乎依然是我「會錯意」還有「口拙」惹的禍……換句話說，果然全都是我的錯。

當我越想越洩氣時……天道同學似乎正自顧自地呆呆望著我，還嘀嘀咕咕地動著嘴巴。

「……我認識的雨野同學……居然會捨不得睡覺……還磨出電玩繭……」

「唔……」

從、從天道同學口中冒出的話來推斷……她好像真的對我愚蠢的行為感到傻眼了！

我實在是無地自容，急忙抓了包包就說：「那、那我今天先告辭了！」並且匆匆朝門把伸出右手，打算離開——

「等一下。」

——就在此時，我的左手被某種輕柔的東西包覆了。

我驚訝地回頭望去……就發現天道同學不知為何正用她的雙手憐愛似的包覆著我那長繭的左手。

當我感受到天道同學手掌的溫度，卻又完全搞不懂她那樣做的用意，所以心慌地東張西望時——

天道同學就……將我的手舉到自己面前，用女神般的臉對我細語：

「我確實見識到了喔……你充滿男子氣概的部分。」

「天、天道同學？」

「……呵呵！」

「！」

她突然用太過動人的羞澀笑容面對我……讓我心臟猛跳。

即使我到現在還是不太明白狀況……也沒遲鈍到無法感受她目前對我釋出的龐大愛意。

「天道同學……」

我一邊發呆一邊忍不住將自己的手疊到她的手上。天道同學顯得有點害羞……卻完全沒有從我面前轉開視線，還懷著強烈的意志對我開口了。

「我好像……還希望能多看看……你的男子氣概呢。」

「天道同學……妳是指……」

濃密的氣息流過我們之間。兩人的距離緩緩接近，於是……

「喀鏘！」

門外傳來了陶器打破的響亮聲音。

「「…………唉。」」

我和天道同學兩個人同時大大地嘆息，然後對彼此苦笑。

接著我立刻打開門，幫忙一如預料在門外手忙腳亂的伯母打掃地板，並按照往例開始對她解釋了。

「那、那個，我說伯母，這依然是常常發生在我們之間的烏龍事件，她說要我展現男子氣概，依然是僅限於電玩方面的事情……對不對，天道同學？」

為了徵求女朋友附和，我回過頭。

結果……天道同學不知為何臉紅了……還在我們面前撇開目光，清了清嗓，然後嘟嘟噥噥地說：

「……請容我不對此表示意見。」

「今天放學後，你要我跟女生見面？」

「對。」

我帶著滿臉的不信任反問，雅也就一如往常地露出頗為可疑的下流笑容，像在進行密談似的把手勾到我的肩膀。我忍不住大聲嘆氣，從舊校舍男生廁所髒兮兮的窗口仰望天空。

「（下課時間不過十分鐘，雅也會特地要我陪他來這種地方的廁所，本來就令人覺得有什麼事情……）」

在路上設想過的各種可能性當中，可以排倒數第三的糟糕發展。順帶一提，最糟的發展是邀我參與抽菸之類的勾當，最好則是有多的演唱會門票要讓給我。

「不行啦，我今天已經有重要的約了。」

我從口袋拿出智慧型手機確認下課時間還剩多久，雅也卻沒有因為我明顯不感興趣的態度而退縮，還使勁把我拉過去繼續說：

「哎，聽我說嘛。那個女生叫『綾辻音無』……是我之前聯誼時認識的學妹。」

「聯誼……該不會是聯誼演唱會的簡稱吧？」

「哪有可能啊，就普通的聯誼啦。男男女女聚在一起鬧的聯誼。」

「哦，是傑尼斯和ＡＫＢ的聯誼演唱會嗎？」

「有那樣的演唱會確實是會讓男男女女聚在一起鬧沒錯啦！欸，拜託你喔。」

「抱歉抱歉。就算那樣好了，你才讀高中，又已經有女朋友，怎麼會跑去聯誼……」

我傻眼地望向雅也，他卻還是用頗親切的笑容回我：

「哎，老實講，我也只是被讀大學的老哥帶去湊人數啦。要說完全沒有亂搞的念頭就是假話了，不過基本上有九成是當作社會學習。」

「社會學習是嗎……」

原來有這麼輕佻的社會學習啊。不過，雅也實際上就是這樣的傢伙。要說他輕佻也沒錯，但是做人坦率，更沒有惡意，因此不可思議地難以對他產生反感。

「所以嘍，參加者當然也全是大學生，但不知道為什麼，當中有個年紀和我差不多的女生。問了以後，對方就說她讀我們學校的一年級。」

「原來如此。然後呢？難不成……那個叫綾辻的女生對我這萬人迷現充帥哥有興趣？」

「你很快就懂了嘛。」

「免了。」

「欸，結論未免也太快了吧，拜託你喔！」

「沒有什麼快不快啦，我從一開始就講過，今天放學後已經有重要的約吧。」

「那種小事延一延嘛。我猜是跟亞玖璃約好一起回家之類的日常活動，對吧？」

「確實是日常活動沒有錯，不過有約就是有約。」

「不不不，這跟有沒有先約無關！我在談的是優先程度！」

「呃，所以啦，在我的觀念裡就是先約好的比較重要……」

「世上有比『跟easy的女生約會』更重要的事嗎！」

「有啦！還有，你不要把那種用下半身主導人生的觀念加在我身上！」

我甩開雅也的手打算離開廁所，他就急著想挽救。

大聲嘆氣的我停下腳步，回頭看了他。

「喂喂喂……你幹嘛這麼執著啊。讓我跟那個女生見面，對你有什麼好處可言？」

「好朋友會幸福。對我來說這就是好處！」

「原來如此。那麼，實際情形是？」

「我用了朋友的貞操當代價，約好要她介紹『easy』的朋友給我認識！」

「根本人渣嘛！」

撤回前言。這傢伙做人坦率，沒有惡意，開朗得讓人難以對他產生反感，可是骨子裡到底是個人渣……說起來，不讓人反感的人渣還滿糟糕的吧？

「拜、拜託你啦，祐～～音無說她對我完全沒興趣，可是換成你就有。既然如此，做個交易是難免的嘛，這樣才能促成美好的雙贏關係啊～～」

「贏的只有你跟那個女生吧！」

我想到自己有可能在高中交錯朋友而發出嘆息，雅也就不解地偏過頭。

「？呃，可是這對你也一點都不算壞事啊。」

「這就是壞事吧。我今天已經有約了，更重要的是我也已經有女朋友……」

「？咦？可是，你最近不是跟亞玖璃交往不順嗎？」

「唔喔！」

出自別人口中的「交往不順」這句話讓我內心嚴重受創。

我摀著胸口問雅也：

「雅、雅也……你說交往不順，是從哪裡聽來的……」

「沒有人跟我說啊……只是一般從旁邊觀察到的印象。」

「哪、哪個部分讓你看了覺得交往不順？」

「哪個部分……當年輕男女交往半年還一點進展都沒有時，本來就非常那個了，而且像你們最近一起玩的時候感覺也格外有隔閡。」

「唔……」

一語中的。我和亞玖璃……這陣子其實處得並不好。關於她跟雨野接吻未遂那件事，姑且是當成誤會了結了，話雖如此，那碼歸那碼，我們變得要一步步摸索相處的方式了。

「（怎麼說哩……大概是因為膽小吧，我和亞玖璃都一樣。）」

兩個人乍看之下都屬於大膽開放的類型，實際上卻有將「尊重對方想法」擺第一的傾向。所以最近總是先冒出「這樣做會不會被對方覺得奇怪」、「那樣做是不是又會被誤解」之類的念頭，到最後，我們始終只能聊一些不痛不癢又極為表面的話。

然後，別人看了這樣的狀況，當然會覺得我們兩個似乎「交往不順」…………………

「（…………不對，不只「看起來」而已……實際上我們就是「交往不順」吧……）」

我重新體認到這一點，沮喪地發出嘆息。

雅也好像看準我內心有隙可乘，就再次向我提議。

「所以嘍，在這種時候，和對你有好感的學妹見個面如何呢……」

「那還是免了。」

「這男的意外保守耶！欸，拜託啦，祐。和她見一次面就好，之後隨你高興沒關係。」

「我說過了，我有女朋友……」

「你敢說你有？在這種情況下？真的？」

「…………」

我無法立刻回話……既沒有值得一提的既成事實，最近更是連聊天都變得生疏，我能把這種關係的女生稱為女朋友嗎？那跟我對亞玖璃所懷的心意，說起來又是完全不同的問題。

「（何況我們在最近還目睹雨野和天道光明磊落地配成了一對的場面……）」

目前我跟亞玖璃之間沒有任何一個場面比得過他們。

「…………（唉～～）」

雅也趁著這段沉默的時間一面拍我的肩膀，一面把安排的行程塞給我。

「好啦，放學後，她會在舊校舍後面原本是腳踏車停車場的地方等你，麻煩你嘍～～」

「喂，等一下！我說過我已經有重要的約──」

「聽不到聽不到～～」

雅也無視我的主張，還捂著耳朵匆匆離去。

「（那傢伙……！打算把話講完就逃嗎！這樣我在放學後要是不赴約不就像是把對自己有好感的女生擱在外頭的鬼畜男一樣！別開玩笑了！）」

儘管我察覺雅也的企圖以後就拚了命追他──

──結果在這天，直到放學的麻煩時刻來臨以前，雅也都捂著耳朵躲來躲去不見我。

……再撤回一次前言。

雅也不是人渣。他如此一心一意地動歪腦筋，已經到了值得尊敬的地步。

……不過——

我肯定是交錯朋友就是了。

＊

「而且對方又不在……」

放學後。我不得已到原本是腳踏車停車場的地方赴約，別說沒有女生，就連半個人都沒有，只有隨風搖晃的生鏽鐵皮屋頂嘎吱作響。

即使一面踩著從石板路縫隙長出來的雜草一面走進屋頂底下，可以坐的地方當然也沒有牆讓我靠，環境非常不舒適。

「（我想趕快了事然後赴原本的約耶……）」

我無聊地摸著脖子等對方。其實我也想把智慧型手機拿出來玩，但這種時候讓對方看見自己明顯在用手機打發時間好像也不好，就算閒閒沒事，就算地方不舒適，我還是保持著緊張狀態杵在原地。

「（……該怎麼說呢？這大概就是我的毛病吧……）」

對方應該是感覺無關緊要的女孩子，結果我還是像這樣為她著想。假如我真的只以亞玖璃為優先，就算不赴這個約也可以才對……

「……我就是辦不到嘛。」

我是因為這樣才被形容成八面玲瓏吧？不過我只能說這是天性，實在無可奈——

「辦不到什麼呢？」

「！」

突然被人從背後搭話，儘管我打從心裡吃了一驚還是急忙回頭。於是，那裡有個紅褐色鮑伯短髮與極短裙子令人印象深刻，感覺實在脫俗的女同學身影。

我有些慌了，但還是立刻擺出笑容並舉起手。

「嗨、嗨～呃……叫妳綾辻同學，應、應該可以吧。」

我露出微笑以後，立刻就後悔「為什麼要對她笑啊」……為什麼連面對無關緊要的人，我都想立刻表現出好的一面……唉。

然而這個學妹……綾辻同學當然不會察覺我後悔的想法，還純真地笑了一笑。

「啊哈哈，沒錯～～謝謝你喔。啊，講話不用這麼客氣啦～～乾脆叫我『音無』也可以喔。話說學長，你來得好早喔。超逗的～～」

綾辻同——綾辻嚷嚷著就自己笑了起來……至今仍正經八百地活在內心的另一個我則大大地嘆息。唔、嗯～讀高中以後，我以為自己對她這種調調也習慣不少了……看、看來還有得適應。

我先讓心情平靜下來才重新面對綾辻。

「所以呢？呃，綾辻，或許雅也沒有和妳提過，可是我已經有女朋友了。」

「？啊，我曉得啦，是那個叫亞玖璃的女生吧？我有聽說過～學長真的很逗耶。」

「妳說我很、很逗？」

「是啊，聽說你們交往了半年都還沒做任何事，不是嗎？」

綾辻毫不羞慚地笑著回答我……這次不只是內心的我，連現實中的我都差點嘆氣了。

我搔著頭問她：

「呃，那妳知道我有女朋友，找我還有什麼事情？」

「事情？事情是吧。要問我這個喔？呃～啊，不然，請學長跟我交往。」

「什麼叫不然啊……」

我不禁啞口無言，綾辻卻一臉平靜地繼續說：

「咦，因為學長跟女朋友交往不順利嘛，對不對？那不就沒關係嗎？正好……我現在也可以算單身。」

也可以算單身是嗎？

「不，有關係。該怎麼說……呃……交往不順是暫時的……我對她還是有感情啦……」

我跟頭一次見面的學妹講些什麼啊？我難為情得臉都熱起來了。

為了及早把話講完，我急著做出結論。

「所以嘍，我不能跟妳交——」

「啊，那就算了。」

「——咦？」

對方一下子就收手，使得我發出怪聲。感覺就像在相撲時撲了個空。

話雖如此，既然對方肯收手正好。我輕輕舉起手繼續說：

「呃，那、那就這樣嘍……」

「是的，就這樣，我完全ＯＫ～～！」

綾辻莫名其妙地用笑容回應。我頭上冒出了「？」，不過對方能理解就好，因此我轉身背對她打算離開現場——

「……！」

——就在這時候，我突然感覺到自己的右臂被某種柔軟的東西包覆，便嚇得停下腳步。

我慌慌張張地確認，於是發現……眼前是綾辻用豐滿胸脯貼在我的手臂上，還主動抱過

來的身影。

她往上瞟著我並且笑了笑。

「那我們走吧，祐學長。」

「啥、啥？欸，妳說走，是要走去哪裡——」

「咦？哎呀，反正我在哪裡都可以啦。」

「哪裡都可以是什麼意——」

「只要是安靜又能獨處的地方就可以。」

「——」

霎時間，我發現內心逐漸平靜到連自己都訝異的地步。

我硬是用力……把她從自己的手臂上扒開，然後用毫無感情的語氣淡然告訴她：

「……綾辻，雅也沒跟妳說嗎？我今天已經有約了。」

「是喔？不過學長，我肯定比較能讓你開心喔。」

綾辻笑咪咪地帶著毫無惡意的笑容如此表示。

我忍不住……對她嗤之以鼻。

「哈！那絕對不可能。」

一瞬間，她難免也變得有些不爽地回嘴。

「什麼話嘛。難道說，什麼都不肯讓學長做的那個女朋友會比我好嗎？」

「是啊，那還用說。」

「！」

我若無其事地如此回答，綾辻就焦躁得狠狠瞪我……唔哇，感覺這傢伙露出本性了耶。真恐怖～

「學長，你不要這樣好不好？感覺都冷掉了耶～～」

「喔，冷掉就好。那掰啦～～」

我隨手一揮打算要走，綾辻卻使勁抓住我的肩膀……就說這傢伙亂恐怖的。

「假如我不合學長的喜好，就請你直說啊。」

「唉，問題不在那裡——」

「問題就在那裡喔。既然我的外表沒問題，那不就好了嗎？」

「不不不，一點都不好。」

「只要不被學長的女朋友知道就——」

「我說妳夠了！」

忍無可忍的我不禁放聲大吼。不過對方好歹是學妹，我看到她害怕的樣子，就搔了搔頭說：「……抱歉。」

「該怎麼說呢，綾辻…………總之，我並沒有特別排斥妳，雖然也不算喜歡啦。要跟妳那樣搞，感覺似乎不賴啊。」

「…………」

「不過呢……我還是沒有那種興致。抱歉，妳找別人吧。實際上，我覺得妳客觀看來是相當可愛，沒錯──」

──話說到這裡，有所警覺的我立刻反省。這、這就是我的毛病吧！為什麼我剛才要誇獎她的外表啊！連這種情況下，我都要幫女生說話嗎！我真是沒救耶！照這樣可以在全球八面玲瓏大賽輕鬆打進十六強了吧！

「鏗！鏗！鏗！」

我覺得自己太不爭氣，忍不住就用頭在旁邊生鏽的鋼筋上撞出聲音。於是，綾辻一瞬間顯得被我奇怪的舉動嚇到了……卻又「唉」地嘆了一聲，隨後就洩了氣似的對我嘀咕：

「……祐學長，你這個人真的跟雅也學長說的一樣耶。」

「跟雅也說的一樣？」

「他說你是『披著帥哥狼皮的乖乖小綿羊』。」

「唔！」

沒想到我居然會被蠢蠢的雅也看得那麼透！真的假的？難不成我發願在高中「變強後重

開新局」，其實一點都不如自己想像中成功嗎？

我捧著胸口驚呼，綾辻就看似釋懷地笑了。

「唉～不過沒想到會乖成這樣。你可是在聯誼時見面十分鐘就問我『要不要另外找地方去？』的雅也學長的朋友耶。祐學長，倒不如說你怎麼會跟他做朋友呢？」

「……或、或許我也想找人問問。」

我回答完就忍不住跟綾辻彼此苦笑。唉，其實雅也是個好傢伙啦……雖然在慾望方面讓人不予置評。

「呃……那麼，我在主校舍玄關前面跟人先約好了……」

我說完打算離開。綾辻沒有拉住我，卻說「我也跟學長一起回去～」就來到我旁邊。

她對搔頭的我擺出小惡魔的笑容。

「不要緊啦。我會在對方發現以前就離開祐學長身邊。」

「唔……」

好像都被她看透了……我屬於臉上情緒表現得那麼明顯的類型嗎？

我跟綾辻結伴走在回主校舍的路上……坦白講也沒什麼好聊……但我就怕所謂的沉默時刻，一回神已經聊起無關緊要的事了。

「綾辻，之前呢，我一直一直都想成為現充。」

「是喔～～唉，可是被倒貼還不領情的人，我想應該當不成吧。」

「唔。」

綾辻用手指捲著髮梢，隨口回以辛辣的言詞。儘管我受了一點傷……即使如此，我仍用自己的方式做出答覆。

「對、對啊。結果，或許我是沒辦法變得像妳或雅也那樣。」

「唔哈！居然有帥哥學長對一分鐘前才甩掉的學妹講喪氣話，超逗的耶～～」

綾辻哈哈大笑地拍手。哎呀，這傢伙的個性真的很爛。呃，雖然我甩了她是事實！不過正常來講會在情緒如此低迷時做出那種反應嗎！

煩歸煩，我還是把臉轉向前……清了清嗓，然後重新營造嚴肅的氣氛。

「可是，我最近跟新認識的朋友混在一起後，就重新思考了一下自己想追求的東西。」

我在這時候停頓一下……稍微醞釀之後，抓準時機帶著爽朗的笑容說出結論。

「我想，我只要追求自己心目中的『充實現實生活』就可以了——」

「啊，阿廣～～！咦，你們今天不做社團活動了嗎？哇～～好高興喔！那人家也跟你一起走～～欸欸欸，有時間的話，我們兩個要不要順便找個安靜的地方呢？說著玩的啦～～呀啊，真不好意思。」

「喂，妳認真的嗎？」

學長談這麼有哲理的話題談到一半，她就開始聒噪地對其他男人獻殷勤是怎樣？思考迴路怎麼切換的啊？和雅也一樣，誇張到反而令人尊敬了。easy女綾辻音無。天生的現充果然不一樣。

當我莫名其妙地感到佩服時，綾辻看準那個阿廣興沖沖地要拿東西，就朝我回過頭。

「那麼，祐學長，就這樣嘍。幫我跟你女朋友問好～」

「誰要啊？基本上——」

「啊，阿廣等我～～！咦，你要去社辦拿東西？哇～～人家最喜歡都是男人味的體育社辦！我跟你一起去！」

「總覺得妳很猛耶。」

這個人在我心裡某方面的評價扶搖直上了。綾辻音無。說不定這是會用某種形式留在歷史上的名字，下次見面務必要跟她拿簽名。

我目送綾辻的背影離開，然後就重新朝先約好跟人碰面的地方，也就是主校舍玄關前面出發了。

於是，正如所料，要碰面的身影就在那裡。那傢伙看見我以後，頓時像小狗狗一樣笑著

趕過來……一下子卻又好像警覺到什麼，就鼓著腮幫子氣呼呼的。

「欸欸欸，再怎麼說也太慢了！你不是說很快就回來嗎！」對方往上瞟著我，還用莫名可愛而且十分青澀的方式生氣。

我撥了撥那傢伙的頭髮，並且賠罪。

「抱歉抱歉，真的讓你久等了——雨野。」

她——不對，是他，雨野景太怕癢似的躲開我的手，並且害羞地笑著……可是基於在這種場面非生氣不可的莫名使命感，他用相當微妙的反應回答我：

「真、真的很久耶！不過……反正今天也不趕時間啦……」

「那不就好了嗎？」

「可、可是，我覺得跟人約碰面還若無其事地遲到，這樣說不過去耶。」

「都說過抱歉啦。既然是朋友，就要原諒這點小事嘛。」

「朋、朋友！說……說得也對。我們是朋友嘛……沒、沒錯。」

實在好哄的同班同學有些興奮地小聲嘀咕：「朋友……呵呵……朋友。」

我無奈地對雨野那副模樣聳了聳肩，然後催他「要走嘍」便邁出步伐。

「啊，等……等我啦～上原同學。」

緊接著，雨野就急急忙忙地碎步趕過來，走在我旁邊。

我們直接走出學校，然後走向通往市區的路。

這時候，雨野微微地偏過頭問我：

「上原同學，話說你到底去了哪裡？看你好像是從外面走到玄關的……」

「有點瑣事要處理啦。」

「瑣事……聽起來好像別有深意耶。」

「沒有啦，才不是那樣——雖然我也想跟你抬槓，不過這次真的只是瑣事。」

的確，比這更適合用「瑣事」形容的「瑣事」或許也不好找。

結果，雨野看似被勾起興趣地追問：

「那是怎樣，我超好奇的耶。求詳細。」

「不不不，這樣就是不識趣啦。」

「咦咦～」

雨野不服氣地鼓起臉頰。那種反應有趣得讓我忍不住格格發笑，他就忽然用正經的臉色鄭重問道：

「不過……上原同學，今天讓你陪我真的好嗎？」

「？好嗎是什麼意思？」

「呃，因為……今天又沒有同好會的活動，我只是要到電玩店逛中古遊戲，就這樣而已耶。」

「對啊，不過說要陪你去的是我啊。實際上，我也對中古遊戲有興趣。」

「呃，可是……你今天好像有事要處理吧？那不是比陪我逛電玩店更重要的事嗎？」

「嗯～～？」

看來平常意外守時的我唯獨在今天「遲到」，似乎讓雨野也察覺到什麼而為我擔心了。

我回望他那樣的眼神…………然後咧嘴一笑，又開始用手亂撥他的頭髮。

「沒有啊～～一點也不。你這邊的約有意義多了，而且優先度也高啦。」

「是、是喔？那就好……」

雨野有些害羞地笑了出來。不過，他似乎不好意思讓我看見自己那種反應，咳了一聲清嗓以後，居然就自以為是地講起我的壞話。

「上原同學，不過照這樣看來，沒想到你平時都挺閒的耶。你真的算『現充』嗎？」

「少囉嗦。」

「好痛！」

於是，我用力地戳他的頭。

今天我依舊懶懶散散地開始毫無建設性又怠惰又浪費青春的放學時間——

——還和我的好朋友一起笑得跟傻瓜似的。

在北地山區紅葉最盛的十月半早晨。

我用肌膚會覺得刺痛而無法適應的圍巾蓋住嘴邊以後，今天同樣帶著嘆息，獨自等待著前往學校的公車。

「（……忽然就冷起來了呢。）」

暑意尚烈的九月，現在回想已經像久遠以前的事……以一般區分來說，目前的季節應該算「秋天」，可是對屬於典型虛弱體質，經不起熱也經不起冷的我——星之守千秋而言，只要室外氣溫會讓人覺得冷，就已經算不折不扣的「冬天」了。

「（話說「秋天」跟「春天」的模糊期間是怎樣嘛，簡直像在考驗我這種彆扭落單族會不會和周遭格格不入，真討厭。）」

像我現在將下巴完全埋進去的毛茸茸圍巾也是，沒有人會知道我是對周遭觀察過多久、懷著多大決心才圍上去的。我妹妹心春還說：

「呃，穿少或穿多都照自己喜好判斷不就好了嗎……」

她總是一副傻眼的樣子瞧不起姊姊，說真的，有夠奇怪耶。骨子裡是現充的人就是這樣才讓我困擾。對我這種懦弱的人來說，「服裝」一向優先於任何事物。

「和旁人相比會不會奇怪？」

而且我都是憑這種基準來挑選的，禦寒性一類都要排到後面才會考慮。

我忍不住使勁呼氣握拳。

「照這種意義看來，我才是打從骨子裡注重裝扮的女生嘛！」

…………

說看看是無妨，但我其實有事情絕對不是這樣的自覺，臉就變紅了。我咳嗽清清嗓。就在此時，口袋裡的智慧型手機震動了一下。我想知道有什麼狀況，確認過以後發現是最近有點疏遠的手遊訊息。

我一度抬起臉確認公車似乎還不會來才打開手遊。先拿登入獎勵，再檢視目前舉辦的活動，做完這些以後……

「啊……」

……我發現有一封訊息寄到了自己的帳號。

「（會是系統維護的賠償或什麼嗎？）」

可以免費扭轉蛋的預感讓我心情稍微轉好，我打開收件匣。一瞬間，映入我眼裡的文字是……

〈寄件人：小土〉

「！」

我被顯示在上面的字嚇了一跳，忍不住抬起臉，毫無意義地東張西望……然後——

「啊……」

正好在這個時候，公車減速在我等的這一站停下了。儘管我有些不知所措，還是搭上公車，然後走過今天同樣很空的車廂，在平日被我當成固定座位的前方雙人席坐了下來。

「呼……」

當公車開動，我就把書包擱到旁邊並解開圍巾，鬆了口氣。

毫無可看性的景色緩緩從窗外流過。公車引擎聲，還有不時從後方座位傳來的細微交談聲。

我仍用右手握著智慧型手機，茫然地朝窗外看了一陣……基本上，我很難說自己喜歡上學或出門，但只有早上悠閒搭公車到學校的這十幾分鐘令我相當中意。有別於在自己的房間度過的「舒適獨處時光」就在這裡。此外，在我創作靈感湧現的時段當中，搭公車上學的期間排第二名，第一名則是在浴室洗頭或護髮的時候。最近因為被某個豆芽菜矮子拿海帶頭調侃，我都會仔細保養，因此格外容易有靈感……啊，這種事情無所謂。

「……話說回來，他怎麼會在這種時候在遊戲裡傳訊息給我……」

我調整呼吸，又看向手機螢幕。上面依舊是寄件人姓名「小土」的訊息。看來不會是我看錯。

「主旨是……『巡迴踩點的邀約』？……踩點是什麼意……………啊！」

我一瞬間差點歪過頭，但馬上就想到那個詞所指的意思了。

「對喔對喔，這款《GOM》在上次改版時加了新的功能。」

我一邊嘀咕，仍先離開寄件匣，然後挑到該項系統的幫助畫面檢視。

「嗯嗯……啊，對喔對喔，就是用現實中的位置資訊來玩的那個。」

說穿了，就是趕搭《ingre◯s》或《寶可夢G◯》人氣順風車的功能。利用手機的GPS功能到現實世界的特定地點，就能領取道具或角色。

老實說這種功能完全無法打動身為繭居族的我，以往我完全忽略掉了。

了解功能概要以後，我又回到收件匣，打開本文來看。

〈突然寄信真不好意思。請問妳還有在玩《GOM》嗎？假如有，挑有空的時候就好了，要不要跟我一起玩之前新加的功能呢？〉

「……什、什什麼！」

我不由得差點手滑把手機弄掉。由於車裡很安靜，旁邊有人瞄了過來，我行禮賠罪以後就改用雙手拿穩手機，目光在螢幕上瀏覽了好幾次。

「這、這這是景、景太，要邀我出去玩……對吧？」

我用只有自己聽得見的細微音量嘀咕……心臟怦通怦通地搏動著。上次在公車裡緊張成這樣，已經是我第一次到音吹高中上學那一天的事了。

儘管我頻頻顫抖，還變得滿臉通紅……但我立刻鼓起決心，不管怎樣都想先對他表達答應之意，就用超快的手速打了回信。

〈我一定會去！〉

我按下寄出鍵，還粗聲呼氣……二話不說答應這種邀約，對我來說其實是相當稀奇的事情。換成平時，我都會再三深思，到了胃開始痛以後再客客氣氣地予以拒絕。

可是……

「（雖、雖然不甘心，但是就會有這種情況嘛！還沒考慮身邊亂糟糟的複雜因素，就興奮得什麼都不顧，在心裡立刻變成最優先的事情！簡直跟遊戲發售日一樣！）」

我用雙手拿著手機，迫不及待地想看到他回信，還克制不住雀躍地腳踢來踢去。

「（……真、真是拿景太那個電玩痴沒辦法耶。明明都有天道同學這個女朋友了，一扯到電玩就馬上變得沒分寸，還主動邀我，受、受不了……）」

跟景太和睦地一邊玩共同喜歡的遊戲一邊出遊……哎唷，要怎麼說嘛，雖然不甘心……不甘心歸不甘心，太令人期待了，好傷腦筋喔！這是怎樣！這麼幸福的事情突然發生在我身上行嗎！要是沒有埋藏莫大的陷阱，福禍就不均衡了耶——

「哎呀，有回信！」

——收信匣顯示有新訊息。景太肯定也是在上學的公車中打訊息給我的吧……啊，啊哇哇，這是怎樣？從早上就互傳訊息，我們……簡直像關係良好的一對嘛！

我飄飄然地打開訊息，然後帶著幸福的心情確認內容大意。

〈太好了！那我們協調出彼此都方便的時間，在近期內出門玩吧！我很期待！〉

「我才期待呢！」

我忍不住朝手機敬禮。隨後我就想告訴他自己的行程都空著——這時候，我忽然發現景太剛才傳來的訊息還有後續。看來是因為換行位置差一點點，畫面容納不下。

我心情極好地哼著歌往下捲動畫面，才發現——

〈——我很期待！心春同學！〉

「……啊！」

——才發現，我已經掉進了莫大的陷阱裡頭。

＊

「妳白痴啊？」

上原同學從通往樓頂的樓梯間採光窗望著外頭景色，並且由衷傻眼似的對我嘆道。

我則縮在由樓梯間平台往上數兩階的階梯上坐著，還用雙手抓著手機，淚汪汪地繼續跟他商量。

「怎、怎麼辦，上原同學？」

「還問我怎麼辦……」

回頭的上原同學把右手肘撐在窗邊，慵懶地答話：

「妳肯再次信任我，把我當商量對象，還招出所有跟網路相關的情況這一點，我也大為認同就是了。」

「是、是的。我想這對你來說全是衝擊性的事實……」

「不，完全不會。妳只是嘮嘮叨叨地把我早就掌握的情報重講了一遍。」

「為……為什麼你事前就掌握了所有情況！難道說……你果然對我……」

上原同學該不會都在跟蹤我吧！我瑟瑟發抖，上原同學就一副無所謂地搔了搔頭，把話題帶回去。

「說起來，妳現在打算跟雨野怎麼樣？他不是妳的天敵嗎？」

「這、這個……」

我忸忸怩怩地低下頭，上原同學便對我嘆氣。

「唉，不講也可以啦。這部分我也早就看出大概了。」

「佩、佩服。」

我一面低頭行禮，一面瞄向上原同學顯得有些憂鬱的臉龐。

「（不過不過，上原同學之前不是喜歡我嗎……？）」

他之前告白果然是開玩笑的嗎？不過，我想也是……可是……唔～……

當我如此思索時，上原同學便繼續談下去：

「正常來講，用『還是不方便耶』的說詞拒絕他不行嗎？」

「不、不好說耶。我一開始就表示要參與了，日期方面已經進入『協調彼此都方便的時間』的階段，事到如今，我怕完全想不出好的理由來拒絕他說『還是無法成行』……」

「啊～～……妳已經回覆過自己有意要去了嘛。」

「對、對不起……」

我變得喪氣，上原同學就抓了抓自己的頭髮，看似覺得事情很麻煩……卻又十分認真地在幫我傷腦筋。

「的確，到這個階段還拒絕會怪怪的。不然……對了，妳先問雨野的規畫再拒絕他，就說：『啊～～那段時間不巧都沒空耶～～真遺憾～～這次就當作沒有緣分好了～～』……」

「那個那個，基本上，景太好像『隨時』都有空。」

「畢竟那傢伙沒幾個朋友嘛！」

「還有很遺憾的是，我比他更有空！」

「你們兩個真的應該配一對啦，算我求你們！彼此都是落單族，要一起幸福啊！」

上原同學不知為何含著淚對我吼……他最近的舉動讓人莫名其妙。對我告白那件事，在他心中果然已經完全當成沒發生過了嗎？雖然會變得像是我在找藉口，不過上原同學擺出這種態度，我也不太方便談起那件事……

結果，總覺得我們又回到了原本的關係……雖然我不清楚能不能這麼說，但我跟上原同學變回彼此的「商量對象」了。我是覺得謝天謝地啦……唔～～

我決定再次確認這次問題的責任歸屬，順便轉換自己停滯的氣氛。

「受不了，《ＧＯＭ》真會新增一些多餘的功能！」

「轉嫁責任也要有限度吧！還有原來你們玩的手遊叫《ＧＯＭ》啊……完全沒聽過。」

「啊，對呀，這個是簡稱喔。正式名稱叫《戰神之門GATE OF MARS》。」

「哦，那我最近有在廣告上看過的樣子。不過簡稱好像沒那麼死板，那叫什麼來著……啊，對了，是叫GAMAR——」

「不，要叫《ＧＯＭ》才對。」

上原同學被一口咬定的我嚇得眨眼睛。我「哼」地吐氣繼續說：

「我啊，討厭這種明顯是公司方面為了開拓新客層才拋出來吸引注意力的簡稱。」

「星之守，好久沒看到妳麻煩的這一面了！」

「不、不只是我！老玩家想必都是屬於《ＧＯＭ》派的。因為因為，遊戲剛出時就已經這樣流傳啦。對了，不然請你試著問景太看看！假如你用那種軟派的簡稱，他絕對也會激動得像我一樣！跟你爭到底！」

「什麼莫名其妙的信賴關係啊。你們之間的情感真的太讓人搞不懂了。受不了……」

上原同學看似傻眼地如此嘀咕以後，忽然間，就好像想起什麼似的朝我望過來。

「我單純有個疑問，那你們這些脾氣彆扭的玩家會把勇者鬥惡龍稱為ＤＱ嗎？」

我對他的疑問一笑置之。

「哈哈，有夠可笑呢，上原同學。正常來講只會簡略成勇鬥喔。」

「是、是喔。所以你們並不會亂耍那種彆扭的脾氣——」

「至於ＦＦ，我們抱持的態度當然就是『希望刻意用懷古的稱呼《太空戰士》。不過，基本上就算叫成ＦＦ也完全沒問題』。」

「這叫當然嗎？不對吧，我想那部分絕對因人而異！」

「不，至少我跟景太的見解就完全一致。」

「你們真的可以去結婚了！」

上原同學用謎樣的判別基準吐槽我。他莫名強烈地支持我跟景太的關係是很好……不過偶爾被他吐槽：「你們去結婚啦！」我都聽得懵懵懂懂。景太肯定也一樣吧。

上原同學又望向窗外，把話題帶回去。

「唉，正常來想，妳把手機交給心春學妹讓她代替妳去，事情就結啦。」

「對啊。不過要那樣做……還是會有無法忽視的大問題。」

「問題？啊，心春學妹可能會穿幫之類嗎？」

「那也多少包含在內……但是有更大的問題存在。」

「更、更大的問題？咦？有什麼因素嚴重到讓妳這樣說嗎？」

上原同學不解地只把臉轉過來。對此我點了點頭，極為認真地回答。

「我也想跟景太開開心心地玩！」

「妳很喜歡雨野耶！」

被上原同學吐槽以後，我不自覺地臉紅。

「才、才不是那樣！不是因為我對景太有什麼感覺！呃，那個……這到底是〈MONO〉和〈小土〉培養累積過感情而出現的一大活動啊！要我讓給妹妹，就覺得……」

上原同學對我說的話露出在今天已經不知道是第幾次的傻眼模樣回應：

「追根究柢，那還不是因為妳亂編謊話。跟『自作自受』一詞貼切到這種程度的案例也不好找耶。」

「唔……！話、話是這麼說沒錯，可是！」

「嗯，我懂妳想表達的意思。要不然……對了，妳用『我跟著妹妹一起來了』的輕鬆調調參加不就好了嗎？」

「我、我的自尊心不允許自己像那樣被人當『電燈泡』！」

「都這種時候了，妳還敢提『自尊心』！」

「因為因為，用那種方式參加，感覺景太肯定會疑惑：『怎、怎麼連海帶頭都來了？』

我妹妹則會瞪過來表示：『這個姊姊好礙事……』假日過成這樣算什麼嘛。」

「氣氛確實會很慘烈。話雖如此，都是妳自找的。唔～～…………咦？……說起來，大前提是雨野會一個人赴約嗎？」

「咦？」

我對上原同學的疑問發出怪聲。他又繼續說：

「呃，正常來想，雨野會主動邀心春學妹單獨出去玩嗎？說起來，那傢伙好歹是有女朋友的乖乖牌耶。」

「聽……聽你這麼一說也對。他又不像你這種痞子男……」

「不要順口就傷害陪妳商量的對象。嚇人耶。」

「但是但是，實際上景太扯到電玩就會變了個人，說不定他根本沒有把男女性別放在心上，一時興起就邀了〈ＭＯＮＯ〉……心春出去玩啊。」

「對喔……無法完全拋開這種可能性…………唔～～」

上原同學又開始煩惱。就在這時候，通知五分鐘後就要開早上班會的鐘聲響遍校舍。

我從樓梯上起身，上原同學就說了「總之——」提出結論。

「我會用下課時間不著痕跡地向雨野探探口風。妳之後再決定要怎麼行動也行吧。」

「啊，好的，不好意思。雖然會讓你費事，就拜託你了。」

我向上原同學低頭行禮。於是，他使勁摸摸我的頭，用感覺毫無藏私的爽朗笑容說：

「包在我身上啦。再怎麼說，我早就決定要比任何人都挺妳了。」

「────」

剎那間，我忽然感覺到胸口一陣刺痛。

我一邊追著上原同學走在前頭的背影，一邊擦掉額頭冒出的汗水。

「（……剛才，我該不會……該不會…………對疑似對自己抱有好感的男生做了非常殘忍的事情……）」

儘管腦子裡冒出如此想法，我心裡卻湧現了足以蓋過它的種種情緒。

首先是我對自己評價過低，導致對上原同學的好感有所存疑。

同時又有打從心裡把上原同學當成商量對象倚靠的依賴心。

還有，最重要的是……對景太日漸加深的感情。

這些情緒全都摸上來攪成一團，我已經不知該如何是好了。

「…………」

我只能低著頭，用慢吞吞的腳步下樓梯。

一回神，我就無意識地拿出智慧型手機，打開網路瀏覽器……在這個瞬間，我對自己感到愕然。

「（我現在……是打算搜尋嗎？為了找人要答案。）」

我忍不住對太過缺乏自主性的自己笑出來。

就是因為這樣，我才扶不起。

向人要建議，還只會偷看別人臉色，被對方正面看過來，卻馬上就害羞逃走。

……要表露自己的真心，我會怕。

「（身為創作者……我明明比任何人都明白表達自我所具備的力量。）」

再這樣下去，我會被天道同學、璃姊……不，我會被景太拋下。

與其落到那種地步，不如一了百了。

與其慢慢退化成以前那個充滿後悔與自我嫌惡的自己，不如一了百了。

哪怕我深切明白又會惹出愚蠢的麻煩事。

就算這樣……就算這樣。

起碼自己走的路要自己決定才行！

「請……請聽我說！」

「？」

一回神，我就背對著早晨的陽光，從樓梯上面……對一臉不可思議地回過頭的上原同學大聲提議了。

「那個那個！我想……還是把這場活動安排成大家一起出遊好嗎！」

雨野景太

「唔～～心春同學遲遲沒有回應耶……」

午休時間。我今天同樣被天道同學邀來電玩社社辦，正一面打開便當一面瞄了擺在桌上的智慧型手機檢視。

天道同學靈巧地用筷子夾起小番茄問：

「啊，是你之前跟我索取『外遇許可』那件事嗎？」

「我不記得自己有徵求過那種許可耶。我只是問妳『能不能讓我跟有點花痴的某個人單獨出遊』而已。」

「我覺得那樣拜託就夠無法無天的了。」

天道同學說著仍平靜地將小番茄送進口中……關於這件事，感覺她依然沒有生氣，卻也不顯得愉快。

我關掉手機畫面，重新面對她。

「呃，可是，在我身邊有玩《GOM》的人，就只有心春同學。再說她……不對，再說〈MONO〉是我從以前就認識的戰友……」

發現始終一起玩遊戲的人近在身邊，遊戲又在這種情況下新增了以現實為舞台的活動，身為玩家怎麼能不邀對方同樂？

話雖如此，我也很明白「跟女朋友以外的女生單獨出遊」這種行為，難保不會構成外遇或背叛。所以，我才事前向天道同學申請過許可……

天道同學暫時擱下筷子，不出聲地用吸管喝起盒裝綠茶……她依然是個一舉一動都優雅的人，和粗枝大葉的亞玖璃同學差多了………

「？怎麼了嗎，雨野同學？忽然東張西望的。」

「沒、沒事。我總覺得……自己就算超越次元被人揍也不奇怪。」

「為什麼我的男朋友會沒頭沒腦地突然就這樣胡言亂語呢？」

天道同學傻眼地嘆息。她說聲「算了」做總結，然後把綠茶擺到桌上，朝我看了過來。

「身為你的女朋友，我相當欽佩你在事前就把目的講清楚並徵求允許的那種態度。還有你發誓『跟心春同學相處會時時注意要保持一定距離』，顯見你身為我的男朋友有所自覺，從玩家觀點出發的攻略思路也有好好運作，只能說是完美，等於已經證明那個活動幾無外遇的可能性。」

「那不就沒有任何問題……」

「有。」

「咦？」

外遇的可能性都完全磨滅了……還是有問題？

我歪過頭……天道同學仍舊一副平靜且理所當然的樣子把話說了出來。

「我會寂寞。」

「問題大了！」

我忍不住當場站起來。天道同學點點頭，然後繼續說：

「原本可以和我一起度過的空檔被其他女生搶走了，何況是感覺滿有趣的遊戲活動，令人落寞。」

「也、也對喔！呃，既然如此，那妳還是跟我們一起……」

我提議到一半，天道同學卻斷然伸出手掌拒絕。

「那樣我身為天道花憐的自尊心也無法容許！」

「哎呀，麻煩了！」

「連男朋友在事前誠心徵得同意的聚會，女朋友都要若無其事地一塊參加……我覺得，以女性來說太那個了一點。」

「我懂妳說的意思………不過，嗯～既然如此，我還是取消跟心春同學出去玩這件事，就能圓滿解決——」

我這麼一說，天道同學馬上比之前更激動地予以否定。

「那、那樣我的自尊心更不容許！請你務必要去玩！我天道花憐，絕不會當一個連男朋友興趣都要管的女人！請別瞧不起我！」

「是、是喔。謝謝妳。承蒙好意，那我就和她兩個人開開心心地——」

「…………………嗚。」

「走投無路就是這種情況耶！感覺是我亂說話，對不對！」

我全力低頭賠罪！嗯，是我不好！這都是隨便企劃活動的我不好！跟天道同學想怎樣無關，當我弄出這個企畫時就卡關了！

話雖如此，直接放棄思考也不是辦法。

我搔搔腦袋，設法尋找妥協點。

「呃，不然……這樣好了。天道同學，我不只找妳，也找其他人一起去怎麼樣？」

「找其他人嗎？比如哪一位呢？」

「妳想嘛，像是找千秋啊。」

「星之守同學……」

這時候，天道同學不知為何稍微噘起嘴。

「……雨野同學，你平時都管她叫天敵……考慮找誰玩的時候卻頭一個就想到她呢。還直呼她的名字。」

「咦？啊，沒有，我剛才單純是從心春同學做聯想……還有，直呼名字也只是因為我從一開始就一直這樣叫她……」

「你跟星之守同學從一開始就一直很要好嘛。」

「呃，與其說是因為要好——」

我差點脫口反駁，但仔細思考……的確，我想起來了，起初我們確實是因為「合得來才直呼名字」，變成敵對後也一直這樣，所以我都忘記了。

其實在最開始的時候，我跟千秋都是出於友好才直呼彼此的名字。

我沉默下來以後，天道同學就用筷子輕輕湊在嘴脣前端……並且把臉別到一旁，有些鬧脾氣似的嘀咕：

「……我也想被直呼名字……」

「咦……」

我怦然心動地僵住了……時鐘滴滴答答的聲音逐漸充斥於社辦內。

咕嚕嚥了口水以後……我很快就橫下心認為這種事要緊的是氣勢，趁空檔還沒有停頓太久，我便爽快地試著說出口。

「花憐。」

「…………」

「…………」

…………………………………………

…………唔哇啊啊啊啊啊啊啊。

同時間，兩個人的臉都一下子染成通紅。

不行，好難為情。這是怎樣？比我告白時難為情十倍是怎麼回事？

對自己直呼天道同學名字的「你以為你是誰啊」之感就不用說了。

要說的話，感觸更深刻的是內心忽然變得太過接近。

感覺好比在衝動之下對她壁咚。

從這樣的距離、表情、對方的反應，使我聯想到許多關於兩人未來的事情。

那些意象如怒濤般同時撲來，結果我們現在就只能任這樣的波濤吞沒，除了感到難為情，什麼也無法做。

兩人低下頭沉默了一會兒，感覺室溫升高了兩度左右。

就這樣，足足過了約一分鐘。勉強恢復過來的我清了清嗓，把話題帶回去。

「那……那麼，天道同學，關於多找幾個人一起去的方案……」

「是、是啊，嗯，我是天道同學，沒有錯。」

我們倆都將目光轉開，就當剛才的事情沒有發生過。

天道同學倉促地吃了兩口白飯，嚥下去以後才回答：

「多人同行是個好主意……不過大概有兩個問題。」

「什麼問題？」

我同樣一面把心思轉向便當一面講話。天道同學就繼續說：

「首先，跟你起初所說的一樣，目前只有你們兩個玩過那款手遊。假設現在開始玩，能享受到那項新功能的樂趣嗎？」

對於天道同學的疑問，我立刻回答：「啊，我想那不要緊。」

「新功能〈GOM搜尋〉從一開始就可以使用，只把它當成『位置資訊遊戲』來玩，我想也會有一定程度的樂趣。還有，得到的角色性能在初期也相當好用，說不定反而比我或者〈MONO〉這種老玩家更具優勢。」

「是嗎？那麼，先不管這一點好了。真正麻煩的倒是另一個問題。」

「是嗎？」

我不禁從便當抬起臉，就跟天道同學對上目光。

「「…………」」

我們倆又紅著臉沉默了一陣。不過，天道同學清了清嗓，然後用平時的「客套版天道同學」模式做出回應。

「感覺那位星之守心春同學不太會允許我們這樣做。」

「？為什麼呢？」

「還問為什麼……從她上次在遊樂園約會的舉動來看，怎麼想都是想跟你獨處——」

當天道同學如此不可思議的話講到一半時。

我擺在桌上的手機似乎收到了什麼通知而震動。

「啊，不好意思。」

我暫停對話好讓自己確認內容。於是正如所料，那是來自《GOM》的訊息通知。

我迅速用左手操作手機，順便用右手拿著的筷子夾香腸吃。

「欸，雨野同學，這樣很沒規矩喔。」

「啊，對不起。」

經過像家人一樣的互動以後，我暫時放下筷子確認手機。

結果上面寫的是……

「……天道同學，妳那個問題……好像解決了喔。」

「？怎麼回事呢？」

天道同學夾起用筷子切成一口大小的煎蛋並且歪過頭。對此……我也歪著頭回答：

「呃……我也完全不明白是怎麼回事耶。」

「？什麼？」

天道同學眨起眼睛。

我便把手機螢幕拿給她看，自己頭上也跟著冒出「？」，並且簡短地轉達了訊息所寫的內容。

「對方好像主動向我提議，要找一群人去玩了。」

上原祐

十月即將告終的第四個週末，上午十點。

在晴朗的天空底下，我穿過公園前往約好碰面的噴水池前，就在前方不遠處看見了認識的背影。

「亞玖璃。」

「嗯？啊，祐，早安～」

「喔，早啊。」

我朝轉過頭向我露出笑容的亞玖璃舉起手並跟她會合。好久沒看見亞玖璃精心打扮的便服模樣，我心裡有點害臊，卻還是故作平靜地搭話：

「妳是特地來的嘛。不好意思，明知道妳沒興趣還勉強妳。」

「真的。不過，人家只要能跟你一起玩就行了。」

我的女朋友講出窩心的話，然後就笑了……糟糕，這傢伙是怎樣？超可愛的耶。我想現在就放掉沒興趣的位置資訊遊戲聚會，和她兩個人甜甜蜜蜜地約會。

當我正在認真考慮如此提議時，卻硬是受到了干擾。

「啊，上原同學，璃姊！你們早！」

回頭望去，那裡有從背後活潑地開口並趕來的女生，還有……

「……你們早。」

還有微微生悶氣，像是「不得已」才打招呼的碧陽學園學生會會長，兩個人的身影。

我們幾個簡單問候完就結伴前進。這時候，星之守帶著苦笑開口了。

「哎呀……感覺變成人數比想像中還多的活動了耶。」

「就是啊。光確定要參加的就有六個人。」

順帶一提，當中有我們四個，再加上雨野和天道，總共六個人。簡單說就是電玩同好會＋1。

我瞥向心春學妹，她也露骨地瞪回來，還照樣對我做出挑釁的言行。

「唉～～這原本明明是我跟雨野學長兩個人甜蜜成行的活動耶，因為有某些人擅自動手腳才變成這樣的。」

「「唔。」」

我跟星之守發出嘀咕。看似不清楚狀況的亞玖璃歪頭表示不解。

「唔咦？這不是說好『大家一起陪雨雨玩』的聚會嗎？」

心春學妹看到亞玖璃那純真的模樣……就比較沒那麼衝地嘆氣，然後對她露出笑容。

「沒有啦，妳講得對，亞玖璃學姊。」

「是喔？心心。」

好像在我不知不覺間，亞玖璃對心春學妹的稱呼方式就變了。唉，她從以前就很容易跟人一下子拉近距離，實際上心春學妹也顯得毫不在意地繼續回答：「是啊。」

「不過，原本玩這款手遊的就只有我跟雨野學長，因此在企劃初期確實是只有兩名參加者。」

「這樣啊。那麼……」

於是，亞玖璃用依舊天真無邪，聽起來卻不可思議地帶著挑釁味道的語氣激了一下心春學妹。

「結果變成可以這麼多人開開心心地一起玩，真是太好了呢，心心！」

「……！對、對啊……阿玖學姊。」

「啊哈哈，什麼稱呼啊，聽起來像豬的品種，討厭～～」（註：指沖繩出產的阿古豬）

「是啊～～這樣不是很好嗎？滿可愛的喔，阿玖學姊。」

「真是的，心心，受不了妳這沒大沒小的學妹。」

「對不起啦～～我真是的，忍不住就會跟溫柔的阿玖學姊鬧。」

感覺雙方都帶著笑容，同時還微微迸出火花……這兩個人似乎不太對盤耶。與其說是戀愛方面的糾葛，我看比較像性格處不來的問題。

然而，星之守似乎對這樣的緊張場面渾然不覺，還開心地大幅揮著手臂走在我旁邊。

「哎呀哎呀，不過不過，結果能促成歡樂的活動實在太好了！」

「……是嗎？」

她的笑容讓我放心地捂了捂胸……這傢伙能覺得幸福，果真比什麼都令人慶幸。其實我是想讓她跟雨野單獨相處啦……

當我想著這些時，已經可以看見約好碰面的噴水池了。還有，在旁邊的長椅上……

「……呃，我想請教讀音吹的各位學長姊……那個人，是刻意要那樣的嗎？」

心春學妹忽然變成死魚眼，還提出這樣的問題。

聽到她的問題，我們這些音吹的學生全都搖了頭。

「「不，因為那是自然本色才恐怖。」」

「真的假的……」

心春學妹改成用傻眼與尊敬參半的眼神看向眼前那一幕。

我們也一邊苦笑……一邊重新看向那幅光景。

……在那裡。

樹蔭底下，有著金髮美少女帶著一絲憂鬱神情坐在噴水池前的長椅，還用纖纖玉指優雅地翻閱文庫本小說的身影。

噴水池周圍的一般民眾不分男女全都停下腳步，陶醉地望著那一幕。

心春學妹滿臉大汗地嘀咕：

「不不不，那是怎樣，根本就是天使嘛！」

「──根本就是天使呢。──」

「那種人存在於創作世界以外的地方行嗎！太奇怪了吧！」

「──音吹的學生每天都常會目睹那種像創作一樣的光景就是了。──」

「為、為什麼那種人現在會是雨野學長的女朋友！」

「──世界八大不可思議之一呢。──」

「啊，連音吹的學生都驚訝到替世界上的不可思議多加一個名額了！」

當我們像這樣鬧成一片時，某方面可以算理所當然，天使──天道花憐注意到我們這邊，就抬起臉龐。

她把書籤夾進文庫本從長椅起身，然後用優雅有如模特兒，同時又俐落的腳步走過來這邊，停在我們面前微微地笑了笑。

「早安，各位。」

「「早、早安。」」

所有人不知為何都緊張地回禮。這時……她仰望晴朗的天空，並且目眩似的繼續說：

「天氣這麼晴朗，今天真是——適合玩電玩的絕佳日子呢！」

「「原來如此，她果然是那傢伙的女朋友！」」

「咦？怎麼了嗎？」

我們擅自有所領會，使得天道一頭霧水……嗯，耍寶到此為止好了。

大伙走向天道原本所坐的長椅，等待剩下的參加者……身為核心人物的男人——雨野景太。

亞玖璃看似不解地嘀咕：

「雨雨居然會最晚來，真難得耶。他跟人家碰面時，總是會先趕到約好的地點，還用敬禮的姿勢等人家。」

「妳為什麼要讓他敬禮啦？不過，雨野晚來確實是怪怪的。」

當我和亞玖璃如此聊起來時，「啊，關於那個嘛。」天道就幫忙做了說明：

「剛才他有跟我聯絡，似乎是臨時要多帶一個人來參加。因此搭比預定的晚一班的公車，好像會遲到一兩分鐘左右。」

連遲到一兩分鐘都特地聯絡這部分，實在很像雨野。

我和亞玖璃回答「了解」，星之守就一副不可思議地偏過頭。

「不過，另一個人會是誰呢？雖然這確實是講好要多邀身邊的人出來玩的企畫，不過景太的交友圈除了電玩同好會以外……」

「大概是三角吧？」

「啊，對呀，我也是這樣猜的。」

天道對我說的話表示同意，在場所有人也認同似的跟著點頭。

於是，我們各自閒聊著過了三分鐘左右……

「啊……喂～～！對不起，我遲到了！」

有個從公園入口一邊賠罪一邊高高地揮手，碎步趕過來的少年身影。

是雨野。我們幾個揮手回應他。不過……

「？那個人……是誰？並不是三角耶。」

「咦？」

跟雨野並肩趕來的人顯然不是三角，我和天道都感到動搖。

亞玖璃嘀咕：

「好像是男生……誰啊？在學校也沒有看過。」

「就只是讀音吹的各位都不認識，雨野學長從以前深交到現在的哥兒們吧？」

「「他不可能有那種朋友。」」

「你們斷言了！好狠！」

心春學妹嚇到了。不過，她會那樣吐槽也不是無法理解……不過對半年來實際跟雨野密切相處過的我們來說，真的可以斷言不會是那樣。假如雨野有那種朋友，首先可以肯定的是他絕對會跟我們說。

可是，實際上他就這麼帶了我們幾個都不認識的人來。所有人因為格外緊張而鼓譟。但是……我們還來不及做心理準備，雨野他們倆就來到大家面前了。

「對、對不起喔，各位，我遲到了……真的很抱歉……」

「不……不會。」

我一面用生硬笑容回應喘著氣賠罪的雨野，一面瞄向他旁邊的人物。

和雨野形成對比，絲毫沒有喘氣，還露出爽朗無比的笑容的黑髮高個子男生。而且說到他這個人……

「（欸，這傢伙……未免長得太帥了吧……）」

連我都不得不服的奇才。而且他跟我不同，散發著完全就是渾然天成的風範。假如說這群人之中給人印象和他最接近的是天道花憐，應該就能表達那種不凡的存在感吧。

但是，讓我們困惑的不只是他的帥。

比什麼都讓我們動搖的要素，那就是……

「（總覺得……這傢伙長得像雨野？）」

坦白講，以外表而言應該是完全呈對比的存在。不可思議的是，他那張臉孔會讓人有長得像雨野的印象。

當我們完全說不出話時，雨野就顯得有些慌張，手忙腳亂地想介紹自己旁邊的人物。

「啊，抱歉，呃，這傢伙是——咳！咳！」

雨野大概是因為一路跑來就嗆到了。身為女友的天道連忙湊過去……雨野旁邊的帥哥卻早了一步幫他揉背，還擔心似的蹙眉。

「沒、沒事吧————大哥。」

「「大、大哥？」」

我們受了動搖而異口同聲。高個子的他看似有些難為情地朝我們看了一圈……並且一面幫至今仍咳個不停出洋相的雨野揉背，一面開口。

「幸會，你們好。我是家兄——雨野景太的弟弟，雨野光正。今天有我這個不屬於同好會成員的國中生臨時來參加，實在相當抱歉。為免造成各位的困擾，我會盡量待在旁邊，還請多多指教。」

禮儀太周到的帥哥學弟恭敬地向我們彎腰鞠躬。

儘管他散發的氣息格外「清新」，讓眾人為之震懾……

「「……請、請多指教……」」

我們還是勉強帶著生硬的笑容向他回禮了。

星之守心春

一反我們這些參加成員根據上次經驗而抱持的微妙緊張感，這場遊戲活動意外順暢……何止如此，還進行得極為和樂。

我想最大的主因還是在於〈GOM搜尋〉玩起來意外有趣。

在現實世界裡走動，到補給站附近回收資源，為此一喜一憂。以系統來說相當老套，不過補給站之多即使在鄉下地方也完全不成問題，加上實際操作的簡便感，還有巧妙勾起射幸心理的收集要素都呈現得渾然一體。

結果，我們幾個和樂融融地一邊閒聊，並且一個接一個地跑補給站，回神以後已經足足過了兩小時。

雨野學長看似有些累了，就「呼」地嘆氣。

「走了滿多路耶，我的腿都痠了。」

走在他旁邊的爽朗高個子帥哥——雨野光正一派輕鬆地給了回應。

「大哥，你還是一樣運動不足。」

順帶一提，他是用「家兄」或「大哥」來稱呼雨野學長。跟我直呼「姊」的叫法不一樣，乍聽之下感覺有點距離……

「光、光正，你很囉唆耶。」

「嘿嘿~我跟你不一樣，在日日中學的排球社有鍛鍊體力啊。」

弟弟說著就對哥哥露出無邪的笑容。雨野學長氣得鼓起腮幫子。

「光正，我真的什麼東西都被你搶走了，無論身高、腦袋、長相和運動能力都一樣。」

「啊，大哥，你還漏了『電玩技術』。」

「唔！我好氣心裡懊惱卻又無法回嘴的自己！」

「哎呀哎呀，大哥，當弟弟的這麼優秀真是對不起喔。」

……嗯。看來他們兄弟的關係在某方面比我們姊妹還要好。不過既然如此，就算親暱點直呼「哥」也可以吧……或許這就是姊妹跟兄弟的差異。

「（不過……無所謂。反正我只對哥哥有興趣。）」

我把腳步沉重的雨野學長納入視野中央，忍不住在心裡垂涎舔唇。

「（啊啊，不知道為什麼，看雨野學長一臉難受的樣子，好像滿對我胃口的。）」

今天我又發現了讓自己感到意外的性癖好……嗯，下次要不要嘗試口味重一點的情色遊戲呢？

當我如此思索時，我們家的姊姊突然從背後難得地用較大的音量開口。

「那、那個那個！各、各位……時間也差不多了，要不要吃午餐呢？」

「「……對喔。」」

我們聽了她的提議，才發現時間已經過了十二點……而且眼前正好有一間開在郊外的漢堡排餐廳。

阿玖學姊捧著肚子呻吟。

「啊，人家現在好像餓壞了。」

「是喔？呃……好不容易來到這裡，我們就進去用餐吧。有沒有人贊成？」

大家都對渣原的問題舉起手，全場一致同意進餐廳。顯得比別人累一倍又瘦弱的雨野學長安心地捂了胸口。

我們重新體認到肚子餓了，並且閒聊著「要點什麼好呢」之類的瑣碎話題，和樂融融地走進餐廳。但是——

「總共七位吧？呃～目前……我看看喔，會分成距離有點遠的兩張四人桌，請問方不方便呢？」

被店員問到的那一瞬間，之前的和樂氣氛頓時搖身一變，進入往常的「鬥智」模式——

「啊，後面還有其他客人要進來，我們隨便坐吧。」

——就在此時，雨野學長提出正當無比的意見，我們還來不及思考就被趕進去入座。

結果……

「「…………………」」

……我、渣原、天道花憐……還有新面孔雨野光正，配得太不湊巧的四個人就坐成了一桌。

「「…………」」

天道學姊是跟渣原，我則是跟小弟相鄰入座……有如晚上守靈的沉默狀態持續著。

天道學姊與渣原似乎都對各自的另一半在意到不行……但要說的話，我當然也想跟雨野學長還有姊姊同桌，從小弟的立場設想，他應該也希望跟這群成員中唯一認識的哥哥同桌。

正因如此……

「「…………」」

……我們還是沒有人移動。那桌只有三個人，過去一個人也不成問題……正因如此，我們才動不了，所有人處在互相牽制的狀態。

我們四個受制於壓倒性的沉默，反觀那一桌……雨野學長、姊姊和阿玖學姊那邊。

「啊哈哈，連吃飯的選擇都完全重疊～雨雨和小星兒，你們兩個果真很妙耶！」

他們在桌子中間攤開菜單，鬧哄哄地帶著超和樂的氣氛點菜。我姊姊還機靈地占了雨野學長旁邊的位子，看起來實在很幸福。

相較之下，再提到我們這一邊……

「「…………唉。」」

四個人的嘆氣聲居然完全重合了。跟地獄一樣。無人得利就是這麼回事。

話雖如此，再消沉下去也不是辦法。我們這裡也學著攤開桌上的菜單……卻沒有另一邊那麼熱絡，平平淡淡地決定要點的菜色。把店員叫來以後，就各自點餐了。

「「…………」」

寂靜又回到餐桌上……坦白講，我覺得在這種場合，應該由身為年長者的天道學姊或渣原帶話題……不過他們兩個都把心思放在另一桌，好像沒那種空閒。

我嘆了一口氣，認命地心想：既然這樣就隨意吧。然後便順從欲望，帶著笑容朝坐在旁邊的小弟搭話。

「同學，你叫光正對吧？我有點事想要問你，不知道可不可以？」

「好啊。妳要問什麼呢？」

光正同學用杯子的水潤了潤嘴脣，並且笑容洋溢地回答我。我則害羞似的撥著髮梢……往上瞟著他問了問題。

「我問你喔，關於你那個大哥……呃，從弟弟的立場來看，你曉不曉得……他會喜歡哪種女生呢？」

天道學姊和渣原對我的問題大吃一驚。至於小弟嘛……他依然笑容親切地爽快回答了我的問題。

「啊，要問這個嗎？嗯，要問家兄對女生的喜好，我是曉得。」

「是、是喔？呃……能、能不能告訴我呢？」

我端正姿勢，興奮期待地轉身面對他。當渣原和天道學姊也對這個話題稍微寄予關注的時候……

小弟就帶著天使般和氣的微笑，明確地告訴了我答案。

「至少，像妳這種婊子肯定不是他的菜。做人要有自知之明，浪女。」

「哦～這樣啊………………………………………！」

「「！」」

奇、奇怪，我剛才好像聽到了什麼不得了的發言……呃，是我聽錯了吧？對不對？眼前的渣原和天道學姊也跟我一樣瞠目而視……嗯，他們兩個也聽錯了吧？

再說，實際上小弟臉上依然洋溢著爽朗的笑容。嗯，這樣的男生不可能會在第一次見面的學長姊面前講出婊子或浪女之類的字眼。啊哈哈，我真糊塗！會不會是情色遊戲玩太多了呢！

「？怎麼了嗎？我講了什麼不得體的話嗎？」

小弟歪頭對我們生硬的態度表示不解……嗯，看來果然是我聽錯了。太好了太好了，一時之間還以為出了什麼狀況。

額頭上冒汗的我回答：「沒、沒有啦，沒事……」而天道學姊似乎是打算改變氣氛，就換她跟光正同學搭話。

「呃……對了，光正學弟。今天周圍都是你哥哥的朋友，會不會覺得不適應呢？希望你也能毫無顧忌地放開來玩就好……」

不愧是正牌的天使，自然而然地表露出天使般的關心。

對此光正同學挺直背脊，還一邊揮手一邊急忙否認：「不會不會，哪的話！我才沒有顧忌呢，一點也不！」

「是嗎？那就好。」

天道學姊微笑著如此表示，光正同學也回答「是啊」並投以柔和的微笑——

——他就帶著那副笑容，羞赧地告訴我們。

「對飄在家兄身邊的塵埃跟廢渣，我沒有理由要顧忌啊！」

「「…………嗯？」」

我們三個先前的疑心如今幾乎變成了肯定……同時，臉上還開始涔涔冒汗。

光正同學仍用爽朗笑容面對眼前的天道學姊與渣原。

「對了對了！兩位的事情，平時我在家裡都有聽家兄提過！他形容你們是極為可愛帥氣又值得尊敬的女性，還有比誰都溫柔可靠的好朋友！」

「──這、這樣啊。」

兩位學長姊突然被大力誇讚，都害羞地搔頭。

光正同學從桌子內側拿了紙餐巾，一面細心擦拭從自己的杯子滴到桌面的水珠，一面帶著爽朗笑容繼續說：

「不過實際見面以後，發現你們果然是跟家兄一點都不配的愚魯群氓嘛。我反而稍微安心了。」

「──……？……愚、愚魯……群氓？」

天道學姊與渣原看似聽不懂對方講了什麼，便鸚鵡學話地重複那些字眼。

而光正同學面對他們兩個，還是一副毫無惡意地繼續說：

「唉，那樣倒也無妨。兩位對家兄來說，到底是不可或缺的人嘛！是的！」

「──是、是嗎？」

兩人又有些害羞。光正同學笑著繼續告訴他們：

「是啊！請兩位以後務必要扮好『冒牌朋友』、『冒牌女友』的角色，如果你們都能跟家兄長長久久地來往就太好了！」

「──冒、冒牌……？」

「是啊！畢竟你們兩個與家兄實在算不上同一個格局嘛。不過，目前他誤以為你們是朋友與女友而獲得了精神上的安寧仍是儼然不爭的事實。以這層意義來說，我想兩位對家兄還是相當重要的人喔！」

「「是、是喔——」」

「即使你們跟他比起來就像廢物一樣！」

「「——！」」

哪門子的情緒震撼教育啊。當下這兩個人在我眼前被小弟做了什麼？極刑嗎？這是新發明的極刑方式還什麼來著嗎？

然而，光正同學卻看似毫無壞心眼地繼續對他們倆說：

「所以天道學姊！上原學長！往後……就拜託你們當家兄的『心靈肥料』了！」

「「……呃……」」

這個男生到底在講什麼？

音吹的兩名現充聽了他的話，只能啞口無言。

……怎麼辦？這是什麼氣氛啊？人生初體驗莫過於此，我的腦袋完全無法運作。

總、總之可以肯定的是……氣氛再這樣下去，實在讓人食不下嚥。

我發出「哈……哈哈」的乾笑聲，然後設法打圓場。

「好、好啦，這位小弟忽然講出了一些驚人之語。話雖如此，從他最後還是認同讓我們在雨野學長身邊這一點來想，當成類似傲嬌的特質也尚有可愛之——」

「不，妳另當別論喔，星之守心春。淫亂的婊子請立刻從家兄眼前消失。」

「為什麼啦！」

我忍不住用力拄著桌子起身。於是——店裡其他客人，還有雨野學長他們的注目都聚集過來了。

雨野學長擔心似的望著我們這裡，光正同學就以苦笑回應：

「哈哈，大哥，現在是擔心別人的時候嗎？你們那桌看起來並沒有聊得多熱絡耶……」

「沒、沒問題啦！囉、囉嗦耶，光正，管那麼多。受不了。」

雨野學長氣嘟嘟地轉回去聊他們那一桌的話題。就在這時候，光正同學朝看著這裡的姊姊和阿玖學姊點頭致意。

我看完他們那樣的互動以後就坐回座位，對這個男生……這個滿肚子壞水的臭傢伙，卯足勁地講起尖酸話。

「哼，都用婊子稱呼別人了……小、小弟，你還真會賣乖呢。」

「咦？妳說……賣乖嗎？妳指的是什麼？」

他著實不解地偏頭……這、這傢伙！

「因、因為你的態度完全不同嘛！對待我們，還有對待他們那一桌的方式！」

我明確地予以指責。即使如此，小弟……不，臭光正還是全然不懂似的擺著一副不可思議的樣子。

「啊？呃，這是當然的吧。因為坐在那桌的那幾位是家兄與他貨真價實的朋友們耶，我毫無理由要用不禮貌的態度對他們啊。妳變成婊子以後連腦袋都壞了嗎？」

「啥——！對、對你的大哥來說，坐在這一桌的人同樣是寶貴的朋友吧！」

天道學姊和渣原對我說的話點頭如搗蒜。

光正同學卻「啊？」地板起臉孔。

「不，你們並不一樣喔。我說過好幾次了吧？在這一桌……只有『家兄的冒牌朋友』、『家兄的冒牌女友』還有『純正婊子』三個人啊。唉，太遺憾了。」

「不不不！遺憾的是我！」

「對，遺憾的是妳的貞操觀念。」

「不是那樣啦！哎唷，我、我受夠了！」

我胡亂搔起頭皮！這、這傢伙是怎樣！怒火接連湧上，我氣到都不知道該說什麼了！

當我嘟噥時，渣原就接棒似的代為發問：

「呃，光、光正？我倒是有個疑問……」

「啊，好的，你有什麼疑問呢？上……上…………陪襯家兄的綠葉學長。」

「綠、綠葉……算了，先、先不計較這些。光正？你從剛才……說得好像對那一桌的成員都懷有尊敬之意，不過，那是表示……」

光正聽了渣原說的，就用亂燦爛的笑容回答：「啊，是的。」

「亞玖璃學姊和千秋學姊。關於那兩位，我真的覺得她們值得敬重。唉……家兄在高中交到了很棒的朋友呢。對此，我今天真是慶幸不已……」

光正說完，擦掉眼角冒出的淚水……這、這傢伙好扯。連我身為學生會長又瘋迷情色遊戲的那一面都完全被比下去了，腦袋實在有毛病耶。沒想到雨野學長的弟弟，居然是這樣的傢伙………………

「（不，仔細一想又覺得極為合情理了。）」

畢竟雨野學長就像某種吸引怪胎的裝置一樣。雖然我不算。

天道學姊和渣原似乎都採取了相同的思路，我們三個在同一時間都莫名感到理解。

當我東想西想時，我們的餐點也送來了。

光正同學依然彬彬有禮得讓人懷疑先前的毒舌究竟是怎麼回事，在聲明「我開動了」以後便開始用餐。

我們也覺得事情亂蠢的，就自暴自棄似的吃起漢堡排。

吃了一陣子以後，忽然間，天道學姊戰戰兢兢地向光正同學問：

「呃……光正學弟？」

「啊，是的，請問有什麼事？呃～……天……天……天婦羅屑屑……？不對……呃～對了，女配角學姊？」

「女配角……算、算了，沒有關係。呃……光正學弟，我有個單純的疑問，你為什麼只認同亞玖璃同學還有星之守同學當你哥哥的朋友呢？」

「咦？要問為什麼……那還用說嗎？她們跟你們三個不同，一點都不垃圾啊。那兩位都很了不起，跟你們差多了。」

「是、是喔。」

連天道學姊都有些傻眼似的吐露心聲。

我和渣原同樣表示「夠了夠了」，將他們兩人的對話帶過，然後吃飯。

然而……光正接著拋出來的話讓我們頓時停下了筷子。

「因為那兩個人有注意到家兄今天身體狀況不太好。」

「「……………咦？」」

我們幾個訝異地瞠目。光正同學仍自顧自地吃飯，並繼續說：

「你們以為我來參加這種聚會，只是為了打量家兄的朋友嗎？」

「「滿有可能的。」」

三個人的聲音完全重疊了。光正承認：「嗯，確實會啦。」並繼續告訴我們：

「實際上，『陪家兄』的用意占較大，單以今天來講的話。啊，即使說身體狀況不好，當然也僅止於頭有點痛的程度。假如家兄真的生病，我是絕對不會讓他出門的。」

「那、那種事情……他本人不講誰會曉得……」

渣原轉開目光這麼嘀咕。沒想到光正同學不只對他表示認同：「就是啊。」還咬了一口漢堡排繼續說：

「實際上我也覺得那樣還能發現的人有其特別之處。說起來，非要長期同食共寢的家人才有可能辦到。不過正因為這樣，我才會對發現家兄不舒服的那兩個人由衷感到尊敬。哎，千秋學姊和亞玖璃學姊真的很厲害。家兄居然能在學校交到那麼棒的朋友，我太感動了。」

「「…………」」

光正的話讓天道學姊和渣原低下頭。光正用筷子將漢堡排切開。

「啊，請不要誤會喔。這終究是我『尊敬那兩位的理由』，並不是我將你們評為垃圾的理由。我不會因為你們沒發現家兄身體有點不舒服，就為此瞧不起人。」

光正如此笑了笑。看來他在各方面都有獨特的價值觀。

他繼續說：

「所以我給你們三個低評價的理由，只是因為我打從心裡討厭『自以為處世靈活的人』罷了。家兄以往就是常常被那種人傷害…………也包含我自己在內。」

「「…………」」

當我們因而屏息時，光正像是要排遣什麼一樣將杯子裡的水大口喝光，然後用蘊藏著某種複雜情緒的目光望向他的哥哥。

……或許……這傢伙跟我想的不同，並不是單純滿肚子壞水——

「不過那個婊子倒是普世認同的垃圾。」

「你未免太多嘴了吧！」

我想打他的頭，他卻看都不看我一眼就輕鬆閃過……唔，基礎性能亂強的！這傢伙是怎樣嘛！姊，我好像也有天敵耶！

天道學姊和渣原都被光正駁得吭不出聲。

我則是一邊嘀咕一邊瞪著光正……接著我忽然發現了，他絕不是只注意自己的哥哥。

「……光正，你幹嘛盯著我姊姊？」

「！」

光正頓時嚇得僵住身體，顯得有些害羞地臉紅，並且嘀咕：「……閉嘴啦，妳這婊子。」還匆匆忙忙地吃起白飯。

……哦哦～？

「是喔～我懂了。你有重度的戀兄情結嘛，有個美少女的內在跟你最喜歡的哥哥一模一樣，你當然會在意嘍。」

我開口點破光正的想法，他卻神經兮兮地一面用紙巾擦嘴角，一面用極為冷酷的眼神朝我望了回來。

「啥？……哼，思慮淺薄的婊子就是這樣。以生物而言，性慾強烈是無妨，但如果連理性也淪陷，以人類而言就算是完了呢。」

「什、什麼話！難、難道說，我認為你中意我姊姊的看法不對嗎？」

「不，我『中意』千秋學姊的看法本身並沒有錯喔。」

「看、看吧，你果然是迷上我姊姊了嘛。」

「差別就在那裡。那就是婊子跟我之間的決定性歧異。我對千秋學姊描繪出的夢想……

並不是那種低等的戀慕，而是更加崇高且高尚的。」

「啥？」

光正講出莫名其妙的話。我們三個納悶地望著他，於是……光正突然陶醉地提到了他那噁心的願望。

「我在想，千秋學姊能不能和家兄結婚呢？這樣的話，家兄的存在就等於多了一倍耶。要是他們倆之間生了孩子，類似家兄的存在就可以增長到三四倍……」

「「……唔哇……」」

我們三個實在不敢領教。好扯。雨野光正，超扯的。沒想到雨野學長藏了這麼驚人的底牌。不、不對，難道學長對弟弟的本性不知情嗎……不過，不知情應該比較幸福啦。

後來我們就默默地各自繼續用餐了。然而那和剛入座的時候不一樣，並非因為尷尬。

「「（雨野光正。越是跟他講話——就越沒有食慾！）」」

一下子害人沮喪，一下子讓人不敢領教，其性情要帶來快樂的用餐體驗大概極為困難，雨野光正。懷有為哥哥著想的心、毒舌、一肚子壞水，同時又兼具國中生的某種潔癖與純樸性格，堪稱奇蹟性的化合效應。

當我們食不知味地只是用機械性動作把漢堡排倉促吃完以後，就急著叫和樂融融地過著午餐時間，跟我們這桌截然不同的另外三個人一起離開店裡……雖然對姊姊他們過意不去，但是只由我們這群「低評價組」陪雨野光正講話實在太痛苦。

「那、那麼，接下來要怎樣呢？」

所有人結帳完畢來到店門前，渣原就用眼角餘光注意雨野光正的動向，一邊問大家之後的行程安排。

最先回答的是雨野學長。

「如果大家還沒膩，我是希望散散步，順便繼續玩〈GOM搜尋〉兼幫助消化。」

雨野光正帶著苦笑回話了。

「真受不了大哥，就只有在這種時候才會積極活動。」

「怎、怎樣啦，光正……有什麼關係嘛。」

「是可以啦。不過，實際上我對這款遊戲並沒有像大哥一樣入迷……」

「唔、唔唔，光正……」

「發出那種聲音也沒用喔。這是要所有人一起決定的吧？大哥自己講過不是嗎？『如果大家還沒膩』……你們說對不對？」

雨野光正說完就將爽朗的笑容轉向我們五個人。

「「（…………）」」

我、天道學姊、渣原三個人頓時臉上猛冒汗。

「（在吃剛才那頓飯以前……我真的可以坦然認為……他說這些話是「懂得規勸哥哥的好弟弟」！）」

實際上，對光正本性絲毫不知情的姊姊還有阿玖學姊就是客氣地帶著笑容回答：「哎，人家偶爾也陪雨雨玩好了。」或者「我也跟景太一樣，希望能多玩一下……」光正也說：「這樣啊？不好意思喔，家兄讓妳們費心了……」應對相當得體。

……嗯，那不要緊。那樣是不要緊……然而……

光正順勢轉到我們這邊——用他那張超級爽朗的笑容。

「呃，不過，大家不用勉強陪我這個屬於電玩御宅族的糟糕哥哥喔。」（家兄不是說要去散步嗎！你們這些螻蟻還不趕快表示贊同！）

「「（他的心聲好像透出來了耶——————！）」」

我們不由得顫抖。這是怎樣？雨野光正真的超扯耶。乍看是「好弟弟風範」，而且又絕無虛假，當中的黑暗面非常深。相較之下，連我在學生會長與情色遊戲玩家之間的模式切換都變成小意思了。

……總而言之。

我們就這樣——在「全場一致通過」之下，再次開始巡訪補給點了。

雨野景太

「（唔唔，光正依舊對我好嚴喔……）」

我垂頭喪氣地獨自走在大家後面。

離電玩店及其他店家所在的鬧區已經有一大段距離的郊外。再走一小段路就會到自然景色豐富的地區，不過目前周圍只有食品加工廠與乏人問津的汽車經銷商，沒有任何要素能讓躁動的心得到排遣。

結果，我的心思無論如何都不得不轉向一塊成行的朋友們身上……

「…………」

在前面，有看似只花幾小時就跟大家打成一片的弟弟，年紀雖小卻不會情怯……同時還用不失禮節的完美應對方式跟大家閒聊。

我茫然地望著那一幕，就只能感慨地發出嘆息。

「（光正果然厲害。以溝通能力強這一點來說，他跟上原同學或天道同學好像有共通之處……可是又跟他們兩個都有一點不同……唔～～……是哪裡呢？）」

我從自己優秀的弟弟背後朝他望了一陣子。

於是，當他格外和氣地……跟方才同桌吃飯的三個人開始歡談時，我就領悟了。

「（對喔，光正對我以外的人有「坦率」而「討喜」的地方，沒錯！）」

我對自己敏銳的觀察力感到陶醉。是啊是啊，沒有錯。雖然上原同學和天道同學也是很棒的人，不過光正的情況是他打從骨子裡有著單純而爽快的性格。

「（他的「為人之好」，肯定也自然地傳達給周遭了吧。）」

瞧，剛才天道同學、上原同學還有心春同學三個人就像機械一樣同時笑了。能讓平時性格各異的三個人露出那種笑容，我家弟弟果然厲害。

「（………唉。相比之下，我就……）」

越是為弟弟感到驕傲，自己的沒用程度也越是醒目。

坦白講，今天我連弟弟也邀來的理由之一是……說來害臊，當中也有對他炫耀「怎麼樣，我交到了這麼好的朋友跟女朋友喔」的面向存在。然而，像這樣揭曉以後……只證明了在優秀的弟弟面前，我終究還是我。

「（哎，不過這大概也成了一劑良藥。我最近好像有點得意忘形了。）」

就算交到女朋友，朋友也讓我受惠良多，結果我仍是我，我再次體認到自己仍舊只是「雨野景太」這一點了。嗯，以這層意義來說……

「（……或許，要光正來是對的。）」

我望著在前面跟上原同學他們開心地講話的光正，不由得露出微笑……光正能跟我最喜歡的人們像這樣處得快樂，我還是十分欣慰。

當我獨自想著這些時，從那群人當中……有位金髮的天使悄悄抽身，來到了位在後方的我身邊。

「天、天道同學？怎麼了嗎？」

我有些緊張地用上揚的音調問她……明明成為男女朋友都經過幾個月了，她來到身旁依舊會讓我挺直背脊……我真的跟弟弟不一樣，太不中用了。

天道同學對這樣的我莞爾一笑……臉色卻不知為何立刻蒙上些許陰影，然後問我：

「呃……雨野同學？那個……你的身體狀況，已經好了嗎？」

「咦？」

她意外的問題讓我嚇了一跳……身、身體狀況？為什麼這樣問……啊。

「（這麼說來，我從早上就有點頭痛，直到吃飯前都一直有輕微的感覺。）」

畢竟症狀輕微，現在已經完全康復，我也就忘記了。

我帶著笑容回答天道同學。

「是啊，一點都沒問題。謝謝妳擔心我，天道同學！」

「這、這樣啊。太好了……」

天道同學安心地捂了胸口。她那副模樣……讓我深受感佩。

「唉……妳果然好厲害。」

「咦？」

「我自認完全沒有把頭痛的事表現在外……妳居然還是能像這樣注意到，我好感動。」

「咦？啊，那是因為……」

天道同學不知為何垂下了視線……難道是在害羞嗎？

我也搔了搔臉頰，儘管心裡有些害羞……還是對她表達了感謝之意。

「呃，真不愧是我的女朋友，沒有其他人能像妳這樣喔。真的謝謝妳。」

「…………不會……」

天道同學不知為何緊緊摟住自己的胳臂，還從我面前轉開目光……？

「（啊……剛才的我，果然讓人感覺不舒服嗎？也、也對喔。「真不愧是我的女朋友」這種口氣好像太高高在上了。啊哇……）」

天道同學的反應讓我驚慌。我、我真的沒有惡意，只是單純想表達感謝而已……不過正

因如此，現在把話收回也很奇怪……唔唔！

這時候……

「啊，天道學姊，我有點事情想請教，這個反應是代表什麼呢？看起來好像不是道具或角色耶……」

「咦？啊，好、好的，那是顯示……」

多虧光正突然從前面向天道同學搭話，現場氣氛就含糊帶過了……謝、謝謝你，光正！

「（……不過，終於連弟弟都出手幫我了。）」

糟糕，我好沮喪。從無可挑剔的弟弟背後茫然看著他和我的女朋友開心地講話，真的很令人沮喪。雖然完全沒有類似嫉妒的情緒……總覺得，自己沒用到極點。

這時候，換成千秋來到垂頭喪氣地走著的我身邊了。

她一如往常用有些挑釁的臉色看我。

「景太，餐點好吃嗎？」

「啥？問這個幹嘛？好吃是好吃啦……反正也不是妳煮的吧。」

「是沒錯啦……」

「怎、怎樣，一直盯著別人的眼睛。」

「沒事……嗯，好吃就好。是的。粗茶淡飯不成敬意。」

「呃，就說妳怎麼一副像是自己下廚的口氣。」

千秋嘻嘻笑了……這、這傢伙是怎樣？感覺她在用新招耶。

我無奈地聳肩，然後從口袋拿出智慧型手機，動手檢視《ＧＯＭ》。於是，千秋就眼尖地提醒我：

「你邊走邊玩手機。」

「何必現在才說這個？周圍根本都沒有人，道路又寬廣，放過我吧。」

「……可是你邊走邊玩手機。」

煩耶。我無奈地嘆氣以後就停下腳步，並且退到路旁檢視遊戲。雖然跟大家的距離稍微被拉開，不過檢查的手續很快就能完成，應該沒問題。

千秋笑著說：「乖。」然後也跟著站到我旁邊動手檢視遊戲。

「妳也要玩啊？」

「那當然了，我就是來玩這個的。」

「……是喔。」

千秋雀躍地待在我旁邊，一臉開心地跟著檢視自己周圍的位置資訊……受不了她。

「（討厭的是，我還滿能理解她這種思維的……）」

對每件事情的價值觀都彼此互通，說起來真傷腦筋。

我檢視完自己的遊戲以後，沒多想什麼就探頭看了千秋的手機畫面。結果顯示在上頭的是……

「（啊，她的玩家等級果然一點也不高。）」

那完全是最近才開始玩的新用戶能力值。千秋肯定是為了這次活動才註冊的吧。

「（以前好像看過她在玩《ＧＯＭ》……是我弄錯了嗎？）」

儘管我心裡不太能釋懷，還是望著千秋的遊戲畫面搭話。

「妳的用戶名稱是……〈ＨＡＲＵ〉？」

「啊，等一下，請不要擅自亂看。色鬼。」

「要有什麼性癖好才會對那樣的遊戲畫面興奮啦……」

我嘆著氣重新問她：

「話說妳為什麼要取名叫〈ＨＡＲＵ〉？」

「沒為什麼，我隨便取的。硬要說的話，是因為我喜歡春天。」

「哦～～………妳的閒聊能力還是跟我一樣低落耶，千秋。」

「請不要管我！還有景太，你那樣損我ＯＫ嗎！」

千秋猛烈吐槽。我不予理會，只交代：「我先走嘍～～」就邁出腳步。於是，千秋馬上回答：「請、請等一下。」就追了上來。

我茫然望著前面工廠冒出的白煙思考。

「（〈HARU〉……說是心春同學用的帳號，感覺還比較實際。）」

唉，倒也沒有什麼所以然啦。又沒有法律規定必須照自己的姓名取用戶名稱。

和千秋一塊走了一段路以後，就趕上跟我們一樣停下來操作手機的大家了。

「啊……喂，雨野，這附近好像有稀有的角色耶。」

「咦，是喔？什麼角色啊？」

我又拿出手機開始檢視。於是……

「（啊，這個是……）」

那是以前在活動中發過的特殊角色。《GOM》新增的這項功能就是包含了用這種方式

「復刻」或「彌補獎勵漏拿」的要素才有趣。我個人認為是很棒的嘗試。

再提到這次出現在這裡的角色，則是前陣子只在短暫活動期間發過的超有用角色，手上

有幾個都不會困擾的貨色。

我興奮得忍不住抬起臉。可是，為了今天才開始玩的新手們當然不會曉得其價值——

「…………嗯？」

——不知為何，我跟千秋對上視線了。

「！」

可是，千秋急忙垂下目光…………？她是怎麼搞的？我猶豫要不要向她搭話，然而……

「啊，小星兒小星兒，人家好像切到奇怪的畫面了耶！」

由於亞玖璃同學困擾似的叫了千秋，機會就錯失掉了。

我輕輕嘆氣，改換心情說：「啊，對了。」然後趕到心春同學身邊。

「心春同學，心春同學！爽耶！」

「……呼咦？」

心春同學從畫面抬起臉，還歪頭表示不解……奇怪？

她愣了一會兒以後就做出牛頭不對馬嘴的反應。

「學長，我跟你已經上床了嗎？」

「妳給的解讀方式也未免太離譜。我講得不是那種『爽耶』。妳看嘛，這個角色！」

「咦，這個角色不是處女喔？臉這麼可愛卻……真令人興奮呢。」

「妳在說什麼啊？可以拿到這個角色耶，這個角色。妳不記得嗎？」

「……？啊，對、對喔，呃～～有這個傢伙呢。」

不知為何，心春同學的目光開始到處亂飄。我歪過頭，也瞄了她的遊戲畫面。

「（用戶名稱〈ＭＯＮＯ〉……重新看過以後，還是覺得很不可思議。）」

這個人居然就是一直陪我玩的〈ＭＯＮＯ〉……同時也是我尊敬的免費遊戲製作者〈Ｎ

ＯＢＥ〉。即使腦袋裡明白，總覺得直到現在我還是會把他們跟心春同學分開來想。

「（即使現在像這樣從心春同學的手機看了她的用戶名稱，還是覺得不真實……由這一點來想，我也夠奇怪的了。）」

在網聚見面的人，多多少少也都抱持著這樣的感想吧？類似「跟想像中不同」的印象……呃，我想我並沒有對〈ＭＯＮＯ〉或〈ＮＯＢＥ〉期待過什麼就是了……

當我思索著這些時，心春同學不知為何就叫了剛好指導完亞玖璃同學的姊姊。

「姊，來一下！來一下這邊！」

「？怎麼了嗎，心春？」

就這樣，她用手臂牢牢勾住湊過去的姊姊的肩膀，還朝我這邊瞄了一眼以後，兩個人便背著我竊竊私語不知在談些什麼。

「（……總覺得不聽會比較好。雖然不曉得她們是什麼意思。）」

平時我都會動用全副神經聽清楚別人講的話，但還沒有到偷聽別人祕密的地步。

我看向自己的手機，做一些瑣碎的操作殺時間。

……於是——

「來了來了，讓你久等嘍，學長！幸會，我是〈ＭＯＮＯ〉！」

心春同學突然回到我面前，並做出事到如今也嫌重複的自我介紹。

「是、是喔。幸會……」

「哎呀，話說〈天照〉出了耶！擁有外掛級的隊長技能〈五光〉，因為額頭可愛的模樣就在網路上被大家暱稱為『天閃閃』的她，沒想到居然可以弄到手，哎呀呀，爽耶，新功能幹得好！」

「是、是喔。說、說得對耶……」

「哎呀～學長怎麼了嗎？情緒不夠high喔！你不覺得高興嗎！」

「高……高興是高興啦，呃……」

怎、怎麼回事啊？心春同學high成這樣。她講的意見超正確，也跟我的知識完全吻合……感覺卻非常不協調。然而我也不方便說出口。

不得已，我只好先回以曖昧的微笑。心春同學同樣笑得生硬。

…………

「那麼，差不多要再度移動嘍～」

上原同學看準大家操作完畢，就帶頭講話。我們回應以後，收起手機再次上路。

走了一小段路以後……不知為何，我回頭瞥了在團體中走在相當後面的兩個人。

「（……心春同學和千秋拿著彼此的手機，姊妹倆好像又偷偷摸摸談起什麼了……）」

真是感情要好的姊妹。我覺得自己不太討光正喜歡，只覺得羨慕不已。

＊

——結果，後來又發生了好幾次類似的狀況。

即使我對角色或道具感到興奮而向心春同學搭話，從她那邊也無法得到想像中的反應，當我為此遺憾時，不知為何她在一分鐘以後又會high到不行地接話題，讓我有點吃不消。這樣的情況一再重複。

即使如此，〈GOM搜尋〉本身以位置資訊遊戲來說還是非常有趣，我們沒有受到強迫，也入迷地持續玩下去。

於是，猛一回神的時候……

我們七個就在山丘上的瞭望停車場望著西斜的美麗夕陽。

……上原同學一邊望著遠方一邊嘀咕：

「……我們……應該是在不知不覺中爬了段山路吧……」

「「…………」」

所有人立刻垂下視線……對於熱衷遊戲到最後，不知不覺就爬上山迎接日落這一點，連我們這幾個電玩愛好者都只覺得羞恥。

然而，不幸中的大幸是旁邊有最近剛蓋好的氣派休息站，開往市區及各地方的公車也有不少班次在運作。

我們各自查過開往自己家的公車時間以後，就在休息區會合，精疲力盡地開始打發等車的時間。不過，當中絲毫沒有男女之間的愉快對話……

「「…………」」

連天道同學臉上都難掩疲倦之色，由此就道出了今天這一天是多麼累人而缺乏建樹。現場瀰漫著幾乎跟體育社團做完強化集訓後一樣的倦怠感。我身為企畫提案者感到有責任，就動員了低落的閒聊能力試著跟大家攀談。

「呃，大、大家回程的公車是不是滿多都錯開了啊？」

願意回答我這種「無關緊要的問題」的人，到底還是我的女朋友，天道花憐。

她在疲倦的臉上掛著滿副「天道花憐式笑容」，幫大家做了總結。

「是啊。大致上可以分成『往雨野家』、『往星之守家』、『往市區』。搭車成員也跟字面上顯示的一樣，分成雨野兄弟、星之守姊妹、其他人。」

「這樣啊。呃，那麼，開往我們家的班次是離現在二十分鐘後的十八點三十分發車，天道同學，往妳家的是幾點發車呢？」

「我們幾個往市區的成員是十八點二十五分。星之守同學妳們呢？」

「啊，我們是十八點三十五分發車。跟大家差不多呢。」

「是嗎…………………………」

對話完全結束。對，結束。不像平時那種「間隔了微妙的沉默……」而是完全結束。可以說在場所有人都沒有半點要開口的意思。

平常在這種時候，閒聊能力強的亞玖璃同學或上原同學都會率先打開話匣子……不過，他們倆目前都累垮了，兩個人相親相愛地趴在桌上。

我覺得再勉強丟話題也沒有幫助，就自顧自地玩起手機……畢竟在這群人當中，最沒有體力的本來就是我，實際上感覺到的疲倦也恰如其分，但並不像大家那麼「疲軟」。我剛好相反，眼睛還炯炯有神。這算是一種亢奮狀態，跟期待遠足而睡不著的幼稚園小朋友一樣。

我一邊拿手機點來點去，一邊忍不住露出笑意。

「（居然可以在假日跟許多朋友一起玩到累…………對我來說，這麼幸福的體驗並不是那麼好找呢……）」

我才不可能覺得睏呢……不過，因為會不好意思，我在大家面前也表現得一樣累就是了。話雖如此，也還不到要閉目養神那麼誇張——

「（……咦，奇怪？）」

——猛一看，千秋似乎也在偷偷玩手機。她好像跟我一樣，處於亢奮狀態。實際上，看似完全鬆懈的那張臉笑容洋溢，像是打從心裡感到幸福…………

「（…………呃，啊！）」

當我發覺自己看了她的模樣而露出微笑以後，就急忙收斂自己的表情……打從心裡為天敵的幸福感到欣慰，我是想怎樣啊？受不了。

我確認過剛才的表情沒有被周圍的人看見以後，就看向自己的手機，並且啟動〈GOM搜尋〉。

「（雖然今天已經玩到過癮了……不過也沒有其他事可做。）」

再說，在看夕陽的停車場前面檢視過以後，我們就沒有好好調查這附近的補給點。

我看向畫面，檢視這座休息站周圍存在的角色與道具，沒找到多亮眼的貨色。我把那些拿到手以後，閒著無事可做……就不經意將地圖放大，看起遠一點的位置資訊。

——這時候。

「「啊。」」

——我忍不住發出聲音。而且，千秋不知為何也在完全相同的時間點開口。

我和千秋目光相接……接著，我姑且問了她一句。

「呃，怎麼了嗎，千秋？」

於是，千秋莫名其妙地臉有些紅，還搖頭回答：「沒、沒事。」

「沒什麼，我只是在看網路新聞，是的。景、景太你呢？」

「我、我嗎？呃……沒事啦，應該跟妳差不多。沒什麼。」

「是喔？」

「是啊。」

就這樣，我們結束對話……我一面微微嘆氣一面又低頭看畫面。

「（這…………從這裡走一小段路就能拿到的這個是……）」

那是以往發放過的多人戰再次挑戰券。所謂多人戰，就是在特定期間內「和其他玩家合作」打倒敵人，就能得到各種報酬的首領戰。基本上只要期間一過，就無法再挑戰。

然而，可以讓人再次挑戰的特殊道具就掉在那裡。

我不禁抱臂咕噥。

「（真想要這個耶。可是……跑這麼遠的話，公車時間也快到了……）」

我記得錯過這班公車，下一班就要再等一小時。坦白講那樣會很累。

「（何況就算打贏這場多人戰，拿到的獎勵也嫌寒酸。）」

單純從遊戲的觀點來看，老實說這個首領並不算多有「營養」，至少絕對沒有晚搭一小

時公車的價值。可是……

「啊，各位，往各地的公車好像開進轉運站了喔。」

光正突然搭話，我們就回神過來隔著休息站入口附近的玻璃窗確認公車轉運站。如他所說，儘管離發車時間還有一些餘裕，不過開往各地的公車都已經開始待命了。

上原同學「嗯！」地伸了懶腰，然後率先從椅子上起身。

「那我們差不多該散了吧，在這裡蘑菇也沒用。」

我們聽了他的話，便慢吞吞地各自從椅子上起身，然後走到休息站門口，順道也向彼此道別。

「（啊，對了……）」

跟天道同學講完話的我想到一點事情，就趕到心春同學身邊。

「心春同學！呃，其實這附近有〈星龍諾瓦亞克〉的——」

「啊，雨野學長不好意思，等我一下…………呼啊！」

心春同學一度打斷我的話以後，由衷感到疲倦似的打了呵欠。她再糟糕也是碧陽學園的學生會長，從平常的花痴模樣來想，打起呵欠倒是意外可愛。

我看到她那樣……然後就……

「啊，所以有事嗎，雨野學長？」

「……呃……啊，那個……心春同學，今、今天真的謝謝妳陪我！我玩得非常開心！」

「咦？啊，好、好的。既然學長開心……那個……我也是啦……」

我帶著笑容道謝後，心春同學就一反其本色，害羞地忸忸怩怩。我再次好好表達感謝以後，就離開她的身邊了。

走出休息站，來到公車轉運站前面以後，上原同學回頭環顧我們，替現場做了總結。

「那麼……今天大家都辛苦了！」

「「大家辛苦了！」」

透過這句話，我們一行人終於完全解散。

公車依發車順序有三輛排在一起。我向天道同學揮了揮手，然後跟光正一同搭上第二輛車。車裡空蕩蕩的。我們決定各占一張兩人座的位子，分成一前一後入座。

「呼～～」

我一坐下來，光正就在前面的座位大聲吐氣。我帶著苦笑慰勞他。

「辛苦嘍，光正。都是些初次見面的人，讓你費了不少心吧。」

「嗯～～？不，倒也沒有喔。我跟大哥不一樣，又不會怕生。」

「唔……」

「不過呢——」

光正說到這裡就露出像是嗤之以鼻的舉動，望著窗外嘀咕了。

「……哎，大致上還算是有好朋友眷顧吧。以大哥來說。」

「光正……」

乍看之下冷漠，卻又如此貼心。唔～我弟弟還是這麼優秀。完美到讓人傷腦筋耶，這個弟弟。

我高興得挺身往前向他搭話。

「光正，我想大家今天一定也都非常中意你！」

「……誰曉得呢。」

光正卻若有深意地格格笑了。他還會謙虛耶。不驕傲的部分也很了不起，這就是我家弟弟。應該說他具備社交性，同時又保有堅定的自我。

相較之下，說到我……

「…………」

我將整個身體靠到公車椅背上，然後望向窗外。

太陽已經完全下山，天空開始有星光閃爍了。天氣晴朗，空氣澄澈，應該會是個星星特別美麗的夜晚……雖然從明亮的公車裡也瞧不出有多美就是了。

我從口袋拿出智慧型手機，開啟畫面。

下午六點二十五分……這時候，停在前面要開往市區的公車準時發車了。

由於位置的關係，很遺憾無法從車窗看見天道同學的身影，但我仍有眼無心地茫然望著公車開走。

「………唉。」

我嘆了口氣，再次把視線轉回手機上。下午六點二十六分。再過不久，我們這邊也要發車了………

甩頭切換心思的我打算玩手遊或上網殺時間，便將畫面解鎖，隨後……

「………」

先前一直開著的〈GOM搜尋〉畫面映入眼簾。

………………唉，真是的。

「光正。」

「嗯、嗯啊？」

我拍了已經昏昏沉沉的光正肩膀。

於是，當他揉著眼睛看似不滿地轉過來說：「怎樣啦，大哥……」

我……就苦笑著搔搔臉頰，講出連自己都認為實在愚蠢的提議。

「唉，連我都覺得自己做了實在愚蠢的事……為什麼會這樣呢……呼……呼……」

我獨自走在寒冷夜晚的登山道上，還一面叫苦。

從我開始爬這條由休息站後頭通往「廣場」的階梯才過五分鐘，由於陡坡外加白天的疲倦，老實講我已經滿心想著要放棄了。

「我……完全……選錯……選項了……」

我幾乎讓整個身體都靠在應該是以無障礙空間為主要訴求而設置的全新扶手上面，慢吞吞地爬著山。

多虧這裡是經過妥善規劃的觀光景點，縱使在山中也有階梯與光源，這應該算不幸中的大幸吧。還有，儘管人數絕不算多，仍然有其他觀光客在，雖說是夜晚的山區，也不至於構成讓女生獨自走動會有危險的環境。

「（雖然我就是用這個當理由讓心春先回家，然後自己爬上來這裡……）」

來到半山腰以後，我一度停下腳步，坐到堅固的扶手上面。我大口地深呼吸一次，樹木與草香讓肺裡充滿了清淨的空氣。

我留意著不要妨礙到其他觀光客，從包包拿出事先在休息站買的３４０毫升礦泉水喝了一口。

「……呼～」

當我茫然地打算直接仰望天空時……就急忙作罷了。

「（不行不行！接下來好不容易要去「望星廣場」，仰望星空要留到那時候才行！）」

這條登山道原本就是通往「望星廣場」，名副其實可以看見美麗星空的開闊場所，我卻在半山腰這裡就仰望天空像什麼話。那好比將主菜偷吃掉一半喔……啊。

「（不對不對，星空並不是主菜。）」

考慮我「本來的」目的，星空反而像是附屬品。不過，不管怎樣，在這裡看星空都沒有意義。

「好……」

我確認自己的體力回復了幾成，就提起勁再次爬起階梯。

於是，在我默默地動著雙腿經過五分鐘。

「……到了……！」

我終於抵達目的地。

望星廣場。

這裡似乎是將山坡推平一小部分建造出來的半圓形廣場。

圓圈外圍設有間隔相等的長椅，椅背都調整成跟躺椅一樣上揚的角度。肯定是為了方便仰望星星吧。

光源幾乎不存在，頂多只有用來指示圍欄或椅子的位置。

「噢噢，意外地美觀……！」

老實說，之前我一直當這裡是鄉下的觀光景點而有所輕視，沒想到最近經過規劃就變成了雅致的空間。而且正因如此……

「（……如我所料，全都是情侶……）」

有許多長椅早就坐著先到的人……成雙成對的年輕男女。

我無奈地嘆氣，開始在廣場裡走動。遊客的絕對數量並不多，長椅卻還是幾乎都被坐滿了。

「（可以的話，希望能坐下來休息……）」

這麼想的我找了又找，卻遲遲沒發現空著的長椅。我嘆了口氣，獨自杵在廣場中央……緊接著就忍不住仰望天空了。於是——

「……哇啊。」

在我眼前有著滿天星斗。多虧周圍陰暗開闊，平時看不見的小星星一顆顆映在眼裡，讓人不由得心馳神往。

「（……果然還好有來這一趟。）」

晚搭一班公車，還鞭策疲倦的身體爬了那麼多階梯是值得了。

若有遺憾，應該就是我也想讓先回去的大家看看這片星空。假如能跟大家一起看，不知會有多開心。跟大家一起…………………

「（……果然……我還是想跟景太一起來這裡……）」

和他一起看星空，然後，和他一起……

「（……不。）」

仰望星空的我不禁露出苦笑。

「（說什麼夢話。不對吧，星之守千秋，妳今天來這裡……不是為了讓事情告一個段落嗎？）」

沒錯。我之所以要心春先回去，還特地一個人來到這裡……並不是為了委身於那種甜美的幻想。

我反而是為了做出了斷。

為了把這當作最後………割捨掉這樣的「偶然」或「命運」，我才刻意一個人……來到這塊有著奇蹟般深刻回憶的「某物」存在之處——

「……千秋？」

「————」

這時候，我突然被人從背後搭話，就完全僵住了。

怎麼可能？為什麼會這樣？偏偏在這種時間點。

我的情緒仍舊一團亂……然而，當我想到：「不，或許剛才那是出自本身願望的幻聽症狀。絕對是那樣沒錯，那是最合理的解釋！」為了證明自己想的沒錯，我停止仰望星星，並且回頭。

於是，將視線緩緩往下挪以後，在我眼前。

「晚安，千秋。沒想到連一個人特地來這裡看星星的行動都會跟妳重複……實在令人有點想笑耶。」

帶著純真笑容的意中人——雨野景太的身影就在那裡。

揪心的我摀著胸口，忍不住再次仰望星空。

「（……求求祢放過我吧……真是的……）」

然後我發自內心向玩弄自己的神明求饒了。

＊

「啊，千秋，好像碰巧空了一張長椅。我們坐吧。」

「咦？啊，好的……」

我被景太催著走到長椅旁邊，兩個人並肩坐了下來……簡直像情侶一樣……………

「？奇怪，妳怎麼了嗎？坐在那麼邊邊。」

「怎、怎麼樣？有什麼關係？景、景太，不然你是那種人嗎？你想跟女朋友以外的女生貼在一起嗎！」

「我、我沒有那樣說啦……可是隔著這種距離講話實在不方便。」

「也……也對喔。感、感覺這是擠一擠就坐得下五個人的長椅。」

「既然妳曉得就坐過來中間一點啊。」

「你想做什麼？」

「我想跟妳講話啦。」

「講猥褻的話嗎？」

「聊天啦。妳想事情怎麼跟心春同學同一個調調？呃，倒不如說……」

景太說到這裡就瞄了瞄四周，然後稍微壓低音量。

「畢竟是在這種地方……講話太大聲也不太好吧？」

「話、話是這樣說沒錯…………唔…………我、我明白了……」

儘管我滿臉通紅地瑟瑟發抖，還是一點一點地往長椅中間靠。

景太傻眼似的望著我。

「何、何必擺出那種蒙受羞恥的表情……我總覺得罪惡感好重。」

「唔……星、星之守千秋，就此奉陪！」

「我是連靠近幾公分都需要如此下決心的人嗎！就算說是天敵也會沮喪耶！」

景太有些誤解而變得淚汪汪的。我稍微調整過呼吸以後，和氣地對他投以微笑。

「不、不要緊，你並不臭喔。真的。你真的不會臭。」

「咦，妳那是什麼打圓場的詞？別這樣。真的別這樣。」

景太一邊說還一邊拚命檢查自己的體味……明明我都說不臭了。

我總算稍微冷靜下來後，重新對景太發問：

「話說景太，你怎麼會來這裡？你弟弟呢？」

景太聽了我的問題，就停止檢查體味並回答我：

「我弟先回家啦。然後，我之所以會一個人來這裡……………」

「？景太？」

景太露出苦笑以後就忽然變得沉默，讓我偏頭感到不解。

他有些尷尬似的搔搔頭說：「呃，沒有啦……」表現出猶豫的舉動，片刻之後才畏畏縮縮地對我開口：

「老實講，我有點不好意思……說起來會顯得娘娘腔，我希望妳不要傳出去。」

「是喔。娘娘腔嗎？啊，難道你其實最喜歡看星空，有類似浪漫主義者的一面……？」

「呃，不是那樣啦。」

景太在這時從口袋裡拿出手機，簡單操作了一下，接著……他把畫面轉向我這邊。

「這、這是……」

「沒錯，我的目的在〈ＧＯＭ搜尋〉發放的物品。這個補給點所發的東西，我個人無論如何都想要。之所以如此……」

「………」

顯示在畫面上的東西讓我忍不住倒抽一口氣。

因為……因為那是……

「——是因為這裡有我跟心春同學第一次合作打倒的首領。」

「————」

景太難為情似的告訴我，而我什麼話都無法回答。

因為那跟我來這裡的目的完全一樣。

景太似乎誤以為我這樣愣住是「傻眼」的反應，就帶著自嘲的味道繼續說：「欸，很噁心吧？」

「只是為了領取回憶中的多人戰首領，就晚搭一班公車，真的無可救藥……最無可救藥的部分是什麼呢？對於這些，〈MONO〉似乎……」

玩家名稱忽然被叫到的我一陣心驚。但是，我立刻想起景太指的並不是我。沒錯，他所說的〈MONO〉是指……

「……心春同學似乎已經不記得了，應該說連興趣都沒有。」

「！」

景太如此感傷地訴說，讓我的心頭為之一緊。不、不是的。不是那樣的，景太。我……我都有記在心裡……！

可是景太對這些渾然不知情，還望著自己的手機，看似有些難過地說：

「對我個人來說……那是印象滿深刻的首領。當時我對有效率的玩法一竅不通。在那種還需要處處摸索的階段，我跟〈ＭＯＮＯ〉拚了命合作才打倒〈星龍諾瓦亞克〉……雖然完全沒有用訊息交流，不過正因為那樣，我才強烈覺得彼此心靈相通。」

「……！」

我發不出聲音。

…………我也是。我也是。我也是！

明明我在心裡如此吶喊……坐在旁邊的他卻依然有些落寞。

「不過，我這種想法……大概滿類似於『一廂情願』吧。今天一整天看心春同學的反應，讓我有了這樣的領會。老實說，我覺得自己超丟臉的。」

「……！……………」

景太難過的笑容讓我無法直視。為什麼……怎麼會這樣？我……我……

當我在腿上緊緊握拳後，景太看似察覺氣氛有些糟糕，就連忙打圓場：「啊，抱歉！」

「哎，與其說是發牢騷，我是把剛才那件事當成『自己噁心的糗事』在分享啦。至少我一點也沒有責怪心春同學的意思喔。呃，所以說，如果妳可以不要跟她提這件事情，我會很欣慰。」

「……好的……」

「太好了……嗯，總之就是這麼回事，我也一度認為〈星龍諾瓦亞克〉可以不用拿，就搭上公車了。結果在車上和弟弟談過以後，我稍微轉了念頭……那樣，好像不太對。」

「你說那樣不對……是指什麼？」

我提出的疑問讓景太搔著臉，害羞似的回答了。

「就算我對心春同學並不是多重要的存在，對我而言，心春同學仍是……不對，〈MONO〉仍是重要的戰友，而我們一起玩遊戲的美好回憶，也不會有任何一絲絲改變才對。那就是我轉念之後的想法。」

「！」

為什麼，這個人總是像這樣，輕而易舉就攪亂我的心……

景太像是要重啟話題一樣伸展了一下。

「啊～～不過像這樣獨自來領回憶中的首領，單純以行為來說感覺還是很娘娘腔啊，唔唔。」

他這樣咕噥以後，直接倒向角度可供躺下的椅背。

接著……

「唔喔！千秋，妳躺下來看看！好多星星！」

「咦？啊，好的，那我也來。」

我跟著在景太旁邊把身體靠到椅背上，然後仰望天空。果然……在那裡有著無論看幾次都富含幻想情調的滿天星斗。

「……好漂亮……」

回神以後，我已經不自覺地發出讚嘆。

「（受不了，我也真夠單純的……）」

明明上一刻還深切地感到心痛，像這樣跟景太……跟喜歡的人並肩仰望星空，就幸福得把那些事情都瞬間拋開了。

景太仍在旁邊仰望著天空，並且問我：

「話說千秋，妳怎麼會一個人跑來這裡？妳喜歡看星星嗎？」

「咦？啊～～……」

儘管我有些猶豫……不過，我立刻就帶著把握回答：

「是啊。我喜歡喔……喜歡到希望能永遠一直看。」

目前，這就是我絲毫不假的真心話。景太嘀咕：「這樣喔。」

「雖然我都沒有像這樣好好看過星星……嗯，或許偶爾為之還不錯。」

「是吧是吧，星星很棒對不對？」

「嗯。」

我們兩個就這樣默默望了星星幾十秒……真是幸福的時光。

然而，景太無論到了哪裡，似乎還是不改本色。

「……我好像還是覺得閒閒的。星空漂亮歸漂亮，我會想一邊玩遊戲一邊看耶。」

「呵呵，什麼話嘛。受不了，你好糟糕喔。」

「妳不會嗎？」

「我是成熟的大人，所以一點也不會無聊喔。再說，創作也需要像這樣沉澱的時間。」

景太對我的發言噗哧笑了出來。唔。

「哈哈，看星空找靈感並不像妳的風格吧，好比說『牡丹之介』……」

「不、不是那樣的！只、只要我有意願，一樣能寫出宇宙史詩的風格……！啊，說到宇宙史詩，結果你有買到星海奇俠5嗎？」

「啊，對對對，會想到那款遊戲！其實我最近弄到手以後就一口氣玩完了。哎呀，因為我事先就知道外界給的評價非常低，所以玩得滿提心吊膽的……結果，我本身覺得完全ＯＫ耶！很好玩！」

「啊，就是呀就是呀。我也不是系列作的粉絲，可是照樣玩得很開心。感覺戰鬥的爽快感與完成度相當洗鍊。」

「對嘛！哎，實際上像成長系統就——」

我們就這樣一邊望著美麗的星空，一邊興高采烈地聊了電玩。

實際上，那沒有什麼氣氛可言。某方面來講算是糟蹋了那片星空的虛度方式。

然而——

對我來說，卻是足以讓淚水忽然流下的一段幸福時光。

接著電玩的話題告一段落，景太仍望著星星，同時還有些鄭重地開口：「啊，對了。」

「千秋，謝謝妳。」

「唔？怎、怎麼突然謝我？」

被身為天敵的景太感謝，這一幕簡直太稀奇，我忍不住轉向旁邊。接著……

「（唔……）」

景太的臉近在眼前，我感到心慌，就滿臉通紅地立刻把目光轉回去。

他對我這樣的舉動顯得毫不介意，又繼續說下去。

「首先是今天中午的事。我剛剛才發現……妳該不會是關心我的身體狀況，才一反常態地主動提議要休息吧？」

「啊？這、這個嘛……」

擺著平時調調的我笑得有些壞心眼，然後回答：

「自我意識過剩的豆芽菜矮子就是這樣才令人討厭呢。那只是我肚子餓罷了。何況午餐時間遲早都要休息，就算那是我替你著想，也完全沒有理由要被你感謝。」

「……是喔。哦～～……嗯，那就好啦。」

景太溫和地這麼嘀咕，接著又進一步說下去。

「不過，還有另一件事情，我一直都對妳抱著感謝。」

「怎麼了啊？你今天是由傲轉嬌的時期還什麼嗎？」

「哎，偶爾啦。」

可以感覺到景太在旁邊苦笑……我總覺得心情好平靜。

「……跟妳說喔，之前我不是在大家面前向天道同學告白了嗎？」

「……是啊。」

我回想當時的光景……意中人對其他女性告白的場面原本是會令人心痛，然而，不可思議的是我對景太告白的那一幕並不排斥。想起當時的他，我反而會覺得胸口一陣暖洋洋。

「（而且正因如此……今天，我才會想要一個人在這裡，用「死心」的方式來為自己的戀情做出了結……）」

我如此心想，然後稍微閉了眼睛。

經過短暫的沉默，景太重新帶起話題。

「我覺得……換成以前的我是絕對做不出那種事情的。不，與其說是以前的我，稱作原本的我可能比較貼切吧？」

「……正常來講是做不到的喔。」

像我現在……明明跟你獨處，人就在身邊，卻什麼也表達不了。

我微微睜開眼睛，並且思索。

自己是從什麼時候和景太有了這麼大的差距呢？為什麼？

「…………唉。」

我不禁發出無奈的嘆息。

但是，景太對此似乎並沒有察覺……又將意外的話說了下去。

「不過追根究柢，或許我會有那樣的勇氣，還是要歸功於妳。」

「……咦？」

太過意外的話語讓我再次看了景太的臉龐。

他眼裡映著閃閃發亮的星空告訴我：

「之前，我有對妳稍微提過吧？不知道是不是受了天道同學的影響，最近我開始覺得，試著讓自己拚個頭破血流未嘗不是好事。」

「啊，是的，我聽你說過。」

「那一次……當時，我覺得自己完全是受了天道同學的電玩觀影響，不過我最近發現，其實應該還有另一項很大的要因。」

他所說的話讓我忍不住心跳加速，並且發問：

「那個那個……呃，你說的要因，是指我嗎？」

「嗯，沒錯。」

景太爽快地回應並繼續說：

「妳想嘛，原本我們認識的契機，就是從我用了幾乎跟搭訕一樣的方式跟妳接觸才起頭的吧？」

「是啊…………無論怎麼想，那實在不像你會有的舉動耶。」

「就是說啊。我都不記得當時胃有多痛了……」

「呵呵，我可以想像。」

要是我在相反的立場八成也一樣。

景太緩緩朝天空伸出手。

「……不過呢，撇開針對萌的衝突不管……以結果而言，我們還是像這樣，呃，怎麼說呢，變成了朋……不對……變得要好……也不對……啊，有了，我們不是成為電、電玩同好了嗎？」

害羞的他猶豫到最後，想出了「電玩同好」這個詞來表述，然後迅速帶過。

我嘻嘻笑出聲音，景太就清了清嗓。

「那大概……讓我覺得很高興，而且引以為傲。」

「你說……引以為傲？」

「嗯。畢竟我鼓起勇氣主動攀談的人，現在仍然像這樣跟我聊著電玩喔。說起來，真的是一大壯舉吧。而且正因為有如此美好的成功體驗，我總算變得對『豁出去嘗試』積極了一點，有某個部分應該是這樣吧。」

「……景太。」

我看向身旁以後……突然間，景太也把臉轉過來，確實地跟我目光相接並露出微笑。

「所以謝謝妳，千秋。謝謝妳願意……………呃，跟我成為朋友。」

「…………」

我失去言語，只能回望他的眼睛。

景太……我……我也……

這時候。

「哎呀，時間差不多了吧，千秋。」

「咦？」

景太忽然「嘿！」了一聲從椅背挺起身，然後拿出手機確認畫面。

「果然沒錯，我的公車再十五分鐘就要到了。差不多該下去了。」

「啊，說、說得也是。」

我急急忙忙跟著起身以後，順手拿出手機確認時間……於是，我忽然想到了。

「（啊。對、對了，我還沒領這裡發的首領。）」

我瞥向旁邊的景太確認。他似乎在跟我會合前就已經領好了，還從長椅站起來「嗯！」地伸懶腰。

我悄悄改換坐的方向，並把手機藏著不讓他看到。

「（白天我都是跟心春交換手機……因此換回來的現在要是被看見會有點麻煩。）」

儘管我們已經事先換上同款的手機保護殼，花了心思以防被發現手機互相交換……不過能避免景太看到自然是最好。

「（起碼這個首領的資料……我會希望能儲存在自己的手機裡……）」

我啟動〈GOM搜尋〉，望著首領露出短瞬的微笑，然後迅速點擊把它拿到手。

就在這一瞬間，畫面上跳出某段通知訊息……急著操作的我連內容都沒有確認，不自覺就連續點下去了。

畫面切換。顯示出來的是……

「（……啊，以前打這個首領時的詳細戰績。）」

上面記錄了在幾月幾日的何時進行戰鬥，獲得了什麼，還有……跟哪個玩家合作。

懷念的我忍不住捲動畫面。於是，當畫面最下方……也就是最初打這個首領的戰績顯示出來的時候。

「怎麼了嗎，千秋？要走嘍？」

「呀啊。」

突然從背後被搭話的我嚇了一跳，不由得站起來的同時……

「啊。」

手機就脫手滑落了。不過……

「哎呀。」

景太漂亮地接住，沒有讓手機摔到地上。我放心地捂了胸口一下。景太的目光就停在我的手機畫面上。

「咦？《GOM》。」

「沒有啦，那是——」

我連忙想搶回手機。不過，大概是直到片刻前都坐著仰望星空惹的禍，站起來的我一陣頭暈目眩就撲了空。儘管症狀很快就好了，可是景太在這時候——已經讀完《GOM》遊戲畫面上顯示的文字了。

「……嗯？上面寫聯手戰鬥的玩家是〈小土〉……？咦？」

「呀啊！不是的，那個，呃，那是……」

景太一副不可思議地抬起臉，而我……先從他手裡搶回手機，接著就意亂心慌地轉開目光了。

趕、趕快思考……我要趕快思考！克服這種難關是我最拿手的吧，沒錯！

……呃～～呃～～呃～～…………！

對了，就這麼說！

跟平常一樣立刻就想到好點子的我快言快語地告訴他。

「這……這是心春的手機。我、我是受她拜託……」

「咦？受心春同學拜託？拿這個多人戰首領？」

「是的是的！哎～～心、心春也真讓人傷腦筋耶！她自己有別的行程，居然就叫姊姊幫忙跑腿弄這些……」

當我一臉得意地講到這裡時，忽然發現……景太臉上洋溢著笑容。

他像是由衷高興地嘀咕：

「這、這樣啊。原來，心春同學還記得…………這個首領。」

「————」

看見那張笑容的瞬間。

在我心裡，有某塊地方因而釋然了。

「…………不、不是的。」

「……咦？」

我突然說出的話讓景太一臉不解地偏過頭。

我一邊緊緊握著手機低下頭，一邊繼續說下去。

「這……並不是……心春的手機……」

「咦？呃，可是那不管怎麼看，都應該是屬於〈ＭＯＮＯ〉的遊戲紀錄……」

景太顯得對狀況完全無法理解而愣住了。

面對這樣的他，我……我……

「！」

「千……秋？」

我抬起臉，將淚濕的眼睛轉向他，然後大聲喊了出來。

「〈星龍諾瓦亞克〉真的是讓我們兩個都印象深刻的第一戰！可是可是，既然要談到我們聯手出擊的歷史，緊接在後的〈鬼神博爾格〉之戰也不能少！畢竟我們從頭到尾都被電得慘兮兮！就是那一次讓我們太不甘心，才更加投入《GOM》的！於是在下一次的多人戰活動〈四聖獸來襲〉時，我們真的表現得默契十足！那時候玩得實在好痛快！」

「千秋……？妳怎麼……會知道這些……？啊，妳是從心春同學那裡聽的…………不對，就算是那樣，妳也未免太清楚了……」

景太為之動搖。我則是進一步……說了下去。

「不過，讓我印象最深刻的……還是在今年春天……救援委託時間設計得極為嚴苛的那一場活動。當時我第一次向你……傳了一句訊息……因為那是我鼓起了好大的勇氣，才送出去的。」

「……難道說……」

景太終於開始察覺情況。

我做好覺悟……將雙手盤在背後，向景太露出了由衷感謝的笑容。

「一直以來，都要謝謝你。」

「妳是………〈ＭＯＮＯ〉……？」

景太戰戰兢兢地指向我問。

我點頭以後……他就……

「………」

他就像呆掉一樣嘴巴半張，凝望著我。

儘管我忍不住對他那樣的反應笑了出來……

不過都走到這一步了，我決定向他表白更多。

「還有還有，那個……〈ＮＯＢＥ〉也是我。」

「……啊？」

「呃，所以…………怎麼說好呢，那個……你一直認為心春就是你的『網友』，實際上那些統統都是我……那個……我是因為害羞，一個不小心就對你說了謊……」

「………」

景太完全失去表情，變得沉默不語，還全身乏力地直接坐回長椅上。

「（看他這樣……應該是在生氣吧？）」

生氣是當然的，因為以往我一直都在騙他。何況我是在真正重要的環節扯謊。

「（即使挨他罵……被他拒絕，也是沒辦法的事。）」

不過，對於他的憤怒，我也已經做好心理準備了。明知道會這樣……我無論如何還是想表白自己的身分、自己的心意。對此我不後悔。雖然我並不後悔……

「這樣啊。原來是這麼回事……我的網友並不是心春同學，而是妳。原來是這樣……」

「那、那個……景太？呃……我想跟你說，對不起……」

景太看似沮喪地垂下頭坐著嘀嘀咕咕，而我提心吊膽地探頭看向他的臉。

「（他是在生氣……對吧？）」

我心驚膽跳地觀察著景太的模樣……於是，他緩緩把臉抬起來了。

「千秋，照妳這樣說……」

「！」

我頓時杵著不動。我已經做好被發脾氣的準備了！

當我瞇著眼睛戰戰兢兢地確認他的表情時。

他……他的臉上——

——卻意外地露出了笑咪咪的溫和笑容。

「啊哈哈，我好像理解了耶。是喔，就是說嘛。哎，我就覺得奇怪。畢竟心春同學一點都不像會製作免費遊戲的那種人。」

景太這麼說完就發自內心似的開始哈哈大笑。

感到茫然的我再次問他：

「景太，呃……你不生氣嗎？」

「咦？啊～～……嗯，事實上我多少有受到衝擊啦……」

「對、對嘛。所以所以，景太，既然這樣你就算更生氣一點也──」

聽了我所說的話。

景太從長椅站起來以後，與我面對面露出了笑容。

「不過，我現在還是覺得『高興』的心情強烈多了。」

「──」

他的話……還有他那毫無惡意的笑容，讓我忍不住倒抽一口氣。

胸口怦通、怦通地猛跳。

景太又繼續說：

「畢竟那就表示戰友〈ＭＯＮＯ〉也跟我懷著同樣的心情，才來到這裡的吧？再沒有像這樣令人高興的事情了。這不是理所當然嗎？」

「…………」

明明我狠心地對他隱瞞事情。

明明我狠心地對他撒謊。

他卻……顯得毫不在意那些，臉上只是洋溢著對我的欣喜。

「（景太…………我……我……）」

心頭有某種想法就快要滿溢而出。

於是，在我的內心有股情緒正持續膨脹。

突然間，景太慎重其事似的挺直背脊，然後右手在長褲上使勁地抹了抹。

「？」

相對於覺得不解而偏過頭的我。

景太則是……露出有些難為情的表情將他的手伸了出來。

「妳、妳好，〈ＮＯＢＥ〉！我從以前就是妳的忠實粉絲！」

「（————啊啊。）」

霎時間。

在我心裡……以往一直受許多謊言及虛假蒙蔽而無法通往「真正心意」的路徑。

現在，我感覺到那條路已經鮮明地接通了。

「（……是啊，沒有錯。既然如此……我只能往前進了，對吧。跟那時候的景太一樣。對我來說……要那樣才叫做出了結。）」

我悄悄將手湊到自己的胸口，緊咬住嘴唇……並沒有用〈NOBE〉的身分握他的手，只是低著頭。

「？千秋？」

景太仍然伸出手，不解似的眨了眨眼睛。

我只是低著頭告訴這樣的他。

「景太，我……我今天，還有另一件想對你表達的事情。」

我所說的話讓景太先縮回伸出來的手，傻眼似的嘆了氣。

「什麼嘛，這麼鄭重。難道說，妳還有其他隱瞞的事？好啊，說出來吧。到了這一步，就算妳其實是外星人，我也有自信不會被嚇到——」

當景太如此說起玩笑話的時候。

微微臉紅的我在眼裡蘊含決心，抬起臉以後——

朝向看著這裡還不知為何屏息的景太。

在滿天星斗下。

我帶著沒有半點陰霾的頂級笑容，光明正大地挺胸告訴了他。

「景太——我……我好喜歡你。」

後記

大家好，我是洗澡時會從左上臂開始洗的作家，葵せきな。

……那麼，後記剛開頭就是這種世界第一廢的情報，我想聰明的讀者已經心裡有數了，這次後記也很長。一如往例，明明完全無添加物、無加工、成分無調整，篇幅卻自然而然就長了。沒辦法。我不能違抗自然界之理。

……這麼一寫，過得優渥而樂活的各位或許會覺得：「哎呀，真討厭，跟講究的無農藥蔬菜一樣不是很好嗎～」但就算是蔬菜，無農藥與美味仍是兩碼子事喔。與其讓大家閱讀我在洗澡時會從左上臂開始洗的情報，放廣告進來對讀者和Fantasia文庫都比較有好處喔。何況我的工作量也可以減少。

……作者難受，校稿人員與責任編輯的工作都增加，讀者也痛苦。

……搞成這樣，會讓人認真地開始煩惱這篇「後記」究竟是為了誰，又為了何故要問世

呢。將主題煞有介事地昇華一下，就可以寫篇超嚴肅長文叫「我被生下的意義是……」的矛盾存在，甚至能用「ＡＴＯＧＡＫＩ」名義改編成好萊塢作品的珍貴材料。我是胡扯的，而且這題材之前好像也用過了。

總之，因此這次同樣又要寫起長篇後記了。

不過關於後記頁數這檔事，真的只能交由命運決定，所以會有連續都是長篇，也會有連續都是短篇反而覺得不是滋味的時候，落差太劇烈，令人困擾。感覺與其這樣還不如放下成分無調整的作風比較好，但是我已經莫名其妙地做出口碑了，現在才突然開始使用添加物好像會立刻受到消費者猛烈斥責，兩難的局面。

話雖如此……比方在「演出者每次都會碰上倒霉意外才好玩的旅行節目」裡，要是突然被製作單位強迫穿插活動進去，我也會覺得：「觀眾要看的不是那些啦！」然而，看了完全沒碰上意外的集數，我照樣會抱怨：「這次真無聊。」

套用這樣的原理，換句話說，我現在就是陷入了非得重複「篇幅沒刻意調整卻長得莫名其妙」的無盡地獄…………這個節目，演出者遲早會爆炸喔。日後，要是我突然在後記——

接下來，請各位欣賞一會兒費波那契數列。

0、1、1、1、2、3、5、8、13、21、34、55、89、144、255……

寫起這種玩意兒，各位讀者若是能盡快寫信寄到編輯部反應「請讓葵先生多休息一下吧」就太有幫助了。不過，說起來責任編輯在讀後記初稿時就該先擔心了。

話說編輯部如果真的有意為我的心靈健康著想，我覺得差不多也該機靈一點提個「長篇後記終止計畫」出來了。比方說……

「雖然對葵老師過意不去……希望這次無論如何都要放廣告！拜託拜託！原本我們也希望能多讀大師所寫的美妙後記！就當作顧及編輯的面子！請務必包涵！」

假如編輯部肯這樣低頭央求，要我一邊撥弄八字鬍……

「嗯，既然你們都這麼說了，不得已嘍。為了讀者，更為了這『長篇後記』的口碑，這次我同樣一心想寫長長的後記而不能自已，但你們的熱忱打動了我。好吧，長篇後記……我就不寫了！」

一邊這樣回答也是可以的喔。請讓我這樣回答吧。拜託了。求求你們。下跪就行了嗎？還是舔鞋子就可以了？

久違地像這樣寫了一大串對長篇後記的抱怨，但這個話題最無可救藥的部分就是責任編輯實際上每次都會——

「這次的篇幅有〇〇頁……不要緊嗎？要不要調整？」

溫柔地這樣問我，我卻——

「呃，沒關係，要調整也麻煩（挖鼻孔）。」

隨口就這樣答應下來。一切的元凶說來就是我……卻還要喋喋不休，葵せきな有夠麻煩的。真的很抱歉。

不過，請大家設想一下看看……一下下就好。

滿腹牢騷地花了大約兩小時寫完這篇毫無勞動滿足感可言的廢文，重新讀過以後才自嘲：「嗯，真是個廢物。」並悄悄將稿子寄給責任編輯，再喝一口變溫的罐裝咖啡而深深嘆息的落寞男子背影。

和玩遊戲練功兩小時沒有存檔就跳電的心境差不多呢，這種感覺。還有，讀完剛才那段敘述以後——

「葵せきな居然花了兩小時在這種文章上喔？看來是缺乏寫後記的才華啦。」

會這樣想的讀者，您完全正確。我沒有寫後記的才華喔。根本不是隨手一寫就好，而是嘴裡嘟噥「唔唔唔」地熟思許久才總算完成這篇廢文。說來真的無可救藥到極點……

猛一回神，我又開始抱怨了。對不起，那就換個心情。

總之，這次已獻上《GAMERS電玩咖！6 落單電玩咖與告白CHAIN COMBO》，不知道各位覺得如何。

以作者來說，或許這次的感覺接近於撰寫長篇，雖然內容照例是連續的短（中）篇創作。應該說，劇情流程貼近於長篇。

在中間與結尾兩處都有轉折點，應該也是這集滿稀奇的部分。

第六集與其說是鬧誤會&陰錯陽差，還比較像是予以化解的一集。如果這樣也有讓各位享受到樂趣便是我的榮幸。問題倒是在於用什麼方式化解，依觀點不同，也會覺得事情反而變得更麻煩了。

不過，我在第五集結尾時也有寫過，本作的本質為戀愛喜劇，若您還肯放寬心情等待下一集便是我的榮幸。

啊，另外關於這次的副標題，與其單以結尾來看，將觀點放到整本書或許就會有「啊，原來如此」的感覺。

…………

……那麼，在此有項壞消息要通知各位。

談及第六集劇情的後記主菜以意想不到的速度結束了。

……啊，對、對了，那就來宣布多媒體的相關消息！

託各位的福，這部《GAMERS電玩咖！》得以改編漫畫與展開動畫化企畫。首先，漫畫的部分已經在十月出刊的少年ACE由高橋つばさ老師以傑出畫技開始連載。

還有動畫化的部分，呃，會推出動畫，是的。詳細內容日後會再告知。

…………

哎、哎呀，奇怪了，多媒體消息也宣布完了耶。拖不了多少篇幅的動畫話題尤其令人失望！目前除了「要製作動畫耶，哇～～」以外，能講的事情未免也太少了！這是怎樣？說動畫版會出現巨大機器人就行了嗎？不過那種路線的題材，就算沒扯上動畫是不是也經常提到啊？

……唔！所、所以我不就說過了嗎？我沒有寫後記的才華……！

其實那個角色有這樣的背景……類似這種話題，真的沒有任何能談的部分！我是除了正篇所寫的內容以外，什麼都談不了的作家！尤其在這個系列！

好比說……最近在進行多媒體企畫之際要開會，感覺明顯就是工作上的活動，但我面對那些的基本態度是：「自己除了原作以外沒有什麼能提供的資料耶，怎樣？」結果呢——

「（不然這個叫「葵什麼來著」的人，到底是來幹嘛的啊……）」

「（製作《GAMERS電玩咖！》這部作品時，原作者其實是最不堪用的人才耶……）」

開會現場甚至瀰漫著這種無奈的氣氛（被害妄想占九成）。

關於詳細設定、今後的展望……我才是最想知道這些的人啦！

當中尤其是所謂的「幕後設定」，我從以前就搞不太懂。

呃……基本上只要沒有浮現在劇情表面的設定，就屬於幕後設定對不對？

．其實天道同學喜歡「烏龍麵」

像這樣對不對？

呃，雖然我剛才寫了這麼一條設定，不過我並不清楚天道同學是不是「烏龍麵愛好者」，完全是剛才編出來的。不過既然作者特地在後記提到，肯定是幕後設定吧。嗯。不過要是實際去問天道同學……

「烏龍麵嗎？我並不討厭，感覺上好吃是好吃……」

總覺得她會給出這種相當含糊的答覆就是了。不過作者都在後記斷言「天道同學喜歡烏龍麵」了，肯定就是這樣吧。比起一臉納悶的天道同學本人，更應該相信作者。

但如果這樣說得通，幕後設定要怎麼寫也都可以耶。

·其實《GAMERS電玩咖！》的登場人物全都已經過世了
·其實星之守千秋的頭髮真的是海帶
·其實雨野景太是女性

哎呀，盡是衝擊性的真相呢。但既然是作者說的應該就沒錯了。雖然都不會在劇情中顯現！好的，多媒體企畫的相關人士，注意這部分！請將所有角色的臉都畫得隱約喪失生氣喔，依循幕後設定！

好啦，玩笑話先擱一邊，其實我根本沒有做過幕後設定。唉，我懂。基本上幕後設定並不是「為了要有幕後設定才弄成幕後設定」，而是「原本有經過設定，結果卻沒有在正篇中提到，或者被當成背景基礎運用的要素」才對吧。

所以像前面的例子那樣，後來才硬掰的不叫幕後設定，只能算作者胡言亂語。對不起。

舞台並不是死後的世界……呃，雖然要是說他們其實都身陷於「戀愛喜劇地獄」，感覺很多部分就一口氣得到解釋了。

不過，我倒是希望自己能一臉得意地大談這種幕後設定耶。明明沒有設定。這種欲求該怎麼是好？麻煩哪位給我《GAMERS電玩咖！》的幕後設定。

啊，但是我想到了，假如像「前作中的那個角色其實已經跟這個角色……」之類的祕辛，我也有喔！來了來了，有幕後設定感的祕辛！作者常會一臉得意地提到的那種！

不過，我不會揭露就是了。

咦？要問為什麼……畢竟我以後或許會用在其他地方，就算沒有用到，假如有哪裡可以吐槽就羞恥到極點了，更重要的是，對於只讀《GAMERS電玩咖！》的讀者來說，那都是打從心裡感到無所謂的話題……應該說，不值得跟人多提……

…………

糟糕。這不叫「幕後設定」，而是「名存實亡的設定」。

跟前前作其中一個女主角的「體弱」屬性算在同一類，即使曉得也沒有任何人會得到好處的那種設定。算了，別對這個話題深究了。

所以嘍，以上就是討論《GAMERS電玩咖！》幕後設定的單元。哎呀～～真是有後記風

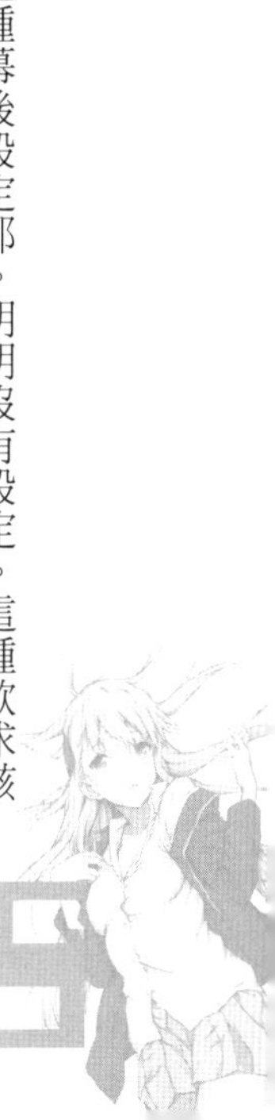

範的後記呢！感覺就像健全的輕小說作家！不覺得是從開頭就用了5頁抱怨的人寫的後記！

好、好了，剩下的篇幅來做日常報告。

最近我看海外劇集的比率偏高。自從可播放網路節目的電視來到家裡以後，我就被它的便利性吞沒了。

說到海外劇集，儘管演員班底一換再換，照樣可以演到像是「第十季」之久，讓我莫名感到佩服。

希望這部《GAMERS電玩咖！》務必也用那套手法，以發行一百集為目標。

演到一百集，初期班底想必都不在了吧。連擔任主角的雨野……

「在第五十四集以『神祕的電玩大叔（技術爛）』身分稍微串場，就是他最後一次亮相吧？」

恐怕也要淪落到這種地步。第一百集的正篇大概會是以法國為舞台，演出男女八人合租公寓的故事，連半點電玩要素都不剩喔，而且也不會有陰錯陽差的橋段。更重要的是，打著取材名義搬到法國居住的作者……

「今天我同樣在塞納河畔為您奉上文章。」

據說每次後記都這樣開頭…………

……呃，對不起，這部作品還是會在寫到一百集以前收尾的。

那麼，這次同樣要發表謝詞。

首先是負責插畫的仙人掌老師，這集同樣要感謝您。以對話為主體便難免缺少作畫可看性的戀愛喜劇，每次都得到您用插畫的美妙躍動感予以點綴，真是萬分感激。往後還請多多指教。

接著是責任編輯。自己答應要寫長篇幅還每次都在後記嘮嘮叨叨的怪人能得到您耐心陪伴，實在感激不盡。下次我肯定還是會用此大作文章，還請見諒。

最後則是各位讀者。讀完這集同樣辛苦你們了。劇情麻煩的正篇自是不提，連滿是抱怨的後記也照單全收，或許您已經覺得飽足不已，但這部作品和後記都還會繼續寫下去，因此希望各位能花幾個月慢慢消化。

那就讓我們在下一集再會吧。

葵せきな

Kadokawa Light Novels

小說 少女編號 1 待續

Kadokawa Fantastic Novels

作者：渡 航　角色原案・彩色插畫：QP:flapper　黑白插畫：やむ茶

新進聲優烏丸千歲，
將帶你了解聲優業界的美好夢想與殘酷現實！

大學女生千歲懷著夢想與野心闖入聲優業界。就此大展身手，人氣扶搖直上——才沒這麼簡單，她現在正面臨這奇怪業界的殘酷現實！沒有工作×沒有幹勁的新進聲優千歲，未來將會如何？鬼才渡 航原作，描繪聲優業界的暢銷動畫小說版登場！

NT$200/HK$60

台灣角川

Kadokawa Light Novels

獻上我的青春，撥開妳的瀏海 1 待續

Kadokawa Fantastic Novels

作者：凪木エコ　插畫：すし*

要協助超級自卑的美少女消弭障礙，
方法居然是讓她露臉當直播主!?

桃山太郎的青梅竹馬莎琉是異色瞳的金髮混血美少女，但是她有個致命的缺點——嚴重的社交恐懼!!為了幫助不敢掀開瀏海露出眼睛的莎琉，太郎想出了劃時代的方法：「讓她開直播，變身美少女直播主建立自信」！放閃系青春戀愛喜劇，開幕!!

NT$220/HK$68

台灣角川

Kadokawa Light Novels

普通攻擊是全體二連擊，這樣的媽媽你喜歡嗎？1~2 待續

Kadokawa Fantastic Novels

作者：井中だちま　插畫：飯田ぽち。

評選委員拍案叫絕！第29屆Fantasia大賞得獎作！
媽媽將以超強實力及魅力轟動學園！

為了取得強化道具，大好真人決定接受學校測試運用任務。真人對在學園裡遇見的癒術師梅蒂怦然心動，然而——母親真真子果然還是跟了過來並大肆活躍！而困擾梅蒂的問題又是……？全新感覺的母親陪伴冒險搞笑故事校園篇！

各 **NT$220/HK$68**

台灣角川

Kadokawa Light Novels

與佐伯同學同住一個屋簷下 I'll have Sherbet 1～2 待續

Kadokawa Fantastic Novels

作者：九曜　插畫：フライ

冷靜同居人弓月同學將被佐伯同學攻陷!?
同居＆校園戀愛喜劇第二幕即將開演！

黃金週結束了，幸運的是，我──弓月恭嗣，與佐伯同學的分租生活，還沒被太多人發現。但佐伯同學即使在學校也是拚命與我拉近距離，還有雀同學緊盯著我的動向……不僅如此，就連寶龍同學最近不知怎地也開始故意招惹起佐伯同學──

各 NT$240~270/HK$75~80

台灣角川

Kadokawa Light Novels

我是忍者，也是OL 1~2 待續

Kadokawa Fantastic Novels

作者：橘 もも　插畫：けーしん

無論戀愛或工作，
都可以用忍術守護住嗎!?

逃離家鄉的逃忍OL陽菜子甘冒危險重拾忍術，全是為了保住天真的和泉澤，以及他祖父一手打造的公司。然而危機卻一步一步接近，這次要掀起的是將辦公室變成戰場的忍者合戰——陽菜子的作戰和愛情將何去何從？

台灣角川

各 **NT$180/HK$55**

Kadokawa Light Novels

我就是要玩TRPG！異端法庭閃邊去 上、下（完）

Kadokawa Fantastic Novels

作者：おかゆまさき　插畫：ななしな

桌上角色扮演遊戲

TRPG玩得好，人生就是彩色的！
桌上RPG「跑團」小說，奇蹟團的圓滿大結局！

在「由TRPG規則支配的冒險世界」旅行中，祇園開始感到TRPG的潛能與樂趣，而淡忘要「消滅琉德蜜娜」的職務。到了最後一段劇情，隊伍面臨難關之際，琉德蜜娜與祇園的敵對關係起了變化……召來奇蹟般的完美收場！願骰神長佑天下蒼生！

台灣角川

各 NT$180~200/HK$55~60

國家圖書館出版品預行編目(CIP)資料

GAMERS電玩咖！6 落單電玩咖與告白CHAIN COMBO / 葵せきな作；鄭人彥譯 -- 初版 -- 臺北市：臺灣角川，2018.08

面； 公分

譯自：ゲーマーズ！ 6 ぼっちゲーマーと告白チェインコンボ

ISBN 978-957-564-354-6(平裝)

861.57 107009576

Kadokawa
Fantastic
Novels

GAMERS電玩咖！6
落單電玩咖與告白CHAIN COMBO

（原著名：ゲーマーズ！6ぼっちゲーマーと告白チェインコンボ）

2018年8月23日　初版第1刷發行

作　　者：葵せきな
插　　畫：仙人掌
譯　　者：鄭人彥

發 行 人：岩崎剛人
總 經 理：楊淑媄
資深總監：許嘉鴻
總 編 輯：蔡佩芬
編　　輯：孫千棻
美術設計：李思穎
印　　務：李明修（主任）、黎宇凡、潘尚琪

發 行 所：台灣角川股份有限公司
地　　址：105台北市光復北路11巷44號5樓
電　　話：（02）2747-2433
傳　　真：（02）2747-2558
網　　址：http://www.kadokawa.com.tw
劃撥帳戶：台灣角川股份有限公司
劃撥帳號：19487412
法律顧問：寰瀛法律事務所
製　　版：尚騰印刷事業有限公司
ISBN：978-957-564-354-6
香港代理：香港角川有限公司
地　　址：香港新界葵涌興芳路223號
　　　　　新都會廣場第2座17樓 1701-02A室
電　　話：（852）3653-2888

GAMERS! Vol.6 BOTCHI GEMA TO KOKUHAKU CHIEINKOMBO

First published in Japan in 2016 by KADOKAWA CORPORATION, Tokyo.
Complex Chinese translation rights arranged with KADOKAWA CORPORATION, Tokyo.